米粒有座魔法山

MILI
YOU ZUO
MOFA SHAN

张淼渺 著

人民东方出版传媒
東方出版社

图书在版编目（CIP）数据

米粒有座魔法山 / 张森渺著 . — 北京 : 东方出版社 , 2021.9
ISBN 978-7-5207-2278-0

Ⅰ . ①米… Ⅱ . ①张… Ⅲ . ①长篇小说—中国—当代 Ⅳ . ① I247.5

中国版本图书馆 CIP 数据核字（2021）第 130267 号

米粒有座魔法山
（MILI YOU ZUO MOFA SHAN）

作　　者： 张森渺
策 划 人： 王莉莉
责任编辑： 王莉莉　罗　艳
产品经理： 罗　艳
特约组稿： 王慧敏
出　　版： 东方出版社
发　　行： 人民东方出版传媒有限公司
地　　址： 北京市西城区北三环中路 6 号
邮　　编： 100120
印　　刷： 小森印刷（北京）有限公司
版　　次： 2021 年 9 月第 1 版
印　　次： 2021 年 9 月第 1 次印刷
印　　数： 1—8000
开　　本： 880 毫米 ×1230 毫米　1/32
印　　张： 7.5
字　　数： 150 千字
书　　号： ISBN 978-7-5207-2278-0
定　　价： 35.00 元
发行电话：（010）85924663　85924644　85924641

献给我的外公

——题记

目录

树叶男孩 115

兔子牙婆婆

曾经有座山，

山里有个老婆婆。

战争升级了

爸爸妈妈又吵架了。这是他们这个月的第八次交战，而今天是六月的第十八天，6月18日。

他们各站在厨房的一角，激烈地为某件小事争吵的时候，米粒正用手指搭成一扇菱形的窗户，看着客厅那面白白的大墙上的日历，自己在心里一圈一圈地为6月18日打着星星符号。星星越来越多，很快，一幅包围着6月18日的璀璨星空图就出现了。然而，没有人会在意她在心里画出的这幅星空图案吧？

今天，是米粒八岁的生日。

她看了看正在将“战争”升级的爸爸妈妈。

妈妈扯着嗓子大喊，一头黑黑的长发因为之前的激烈争执，已经乱成了鸟窝形状。妈妈也顾不得自己的形象，用手指着爸爸大声地控诉着爸爸的各种“罪状”。

这些罪状从米粒一家搬迁到这个厂矿开始，妈妈每次在他们争吵时就开始历数。米粒知道妈妈就要说到米粒六岁时，有一次爸爸带她去山坡上散步，由于爸爸的“失职”，再加上山坡上布满了锋利的石头，米粒摔了一跤，等她爬起来回到家的时候已经是头破血流的那一条了。

罪状一条一条地增加着，爸爸隐忍着的怒火也一格一格地增加着。

“轰——”爸爸一脚踢在了厨房的水缸上。结实的水缸瞬间就被当过兵的爸爸踢裂了。爸爸昨天从前排宿舍楼的公用水井里提回来的水，汩汩地流了出来，流在厨房的水泥地板上。

妈妈先是被这突然的声响吓住了，停止了她的控诉。可是，也就是几秒钟的停顿吧，一声和刚才水缸破裂的声响差不多大的哭声，从妈妈的胸腔里发出。

妈妈索性坐在了地板上，一边拍着大腿，一边大声地哭起来。这次战争即将要升到最高级别了。米粒知道。

米粒根据爸爸妈妈的争吵程度，已经将他们的争吵划分了级别。她把它们定义为“爸爸妈妈的战争级别”。

小吵小闹那是天天都会有的，这是他们战争的第一级别，是常态；如果只有妈妈在不停地唠叨，爸爸一直在生着闷气，那么这是战争的第二级别；如果爸爸开始忍不住回嘴和辩驳，妈妈的声音越来越大，这就是战争的第三级别；如果双方开始大声对骂，这就达到战争的第四级别了；如果他们动了手，开始砸家里的东西，这就是战争的第五级别；而战争的最高级别就是他们会抄起家里的晾衣杆子、扫帚之类任何可以用作武器的东西，互相争斗起来。每到这个时候，米粒只能躲得远远的。

水缸里的水还在汩汩流出，很快就漫延到妈妈坐着的地板上了。看起来就好像是妈妈流出的泪有那么多，那么多……

米粒不明白为什么爸爸和妈妈一有争执，总是会

升级为大大小小的“战争”。每次到了这个时候，米粒都不敢大声说话，也不敢去爸爸妈妈的面前。

隔壁牛小明家的爸爸妈妈每次一吵架，牛小明只要坐在爸爸妈妈的中间哭一哭，再牵起爸爸妈妈的手撒撒娇，他的爸爸妈妈就会立刻停止争吵。米粒曾经试过这个办法，可每次她这么做的时候，爸爸和妈妈总是会不约而同地用力把她推到旁边，仿佛她是他们共同的障碍和敌人。架只会越吵越凶，米粒的哭声只好越来越小。最后，米粒就什么也不说、什么也不做地看着他们吵架。

米粒充当了无数次他们战争的见证者和旁观者，已经厌倦观看他们一场又一场的战争了，就连邻居们也厌倦来劝架了。一开始，牛小明的爸爸妈妈和其他邻居，一听到爸

爸妈妈吵架，还都过来劝劝。可是因为爸爸妈妈每天都会发生“小战”，隔三岔五又是一场“大战”，渐渐地，邻居们在爸爸妈妈吵架的时候，都不再出现了。反而若是哪一天爸爸妈妈没有吵架，他们倒是会好奇地互相问问：“咦？今天小米家是怎么回事啊？”

米粒看着妈妈悲痛地坐在地上哭泣，爸爸冷漠地坐在厨房的另一角抽起了香烟。星期天的午餐看来遥遥无望了。

爸爸妈妈刚才激烈的争吵声一停止，整个家显得好空荡。米粒突然觉得好悲伤。

她大吼道：“你们有完没完啊？总是这样吵吵吵，能不能不要再吵架了啊？”

米粒的吼声来自心里最深最深的地方，吼得她的心都微微疼了起来。

吼完，她冲出了家门，冲进了六月这个静悄悄的午后。

出了门，就是山

米粒的家在一个厂矿里，这个厂矿远离市区，三面环山。爸爸每次去市里办事，都要早起坐每天一班来回的厂矿班车。这辆班车每天早上七点走，晚上六点回。

厂矿里的人坐车去一次市里，都是一件大事情。

平常的日子里，要是听说谁谁要进城了，都会提前拜托这个人从城里给带点这个那个的。要去的那个人呢，也会提前和熟人邻居们打招呼，问问有没有什么需要从城里带回来的。

当然，厂矿里除了没有大型的商场和繁华的街道，其他日用商品还是一应俱全的。

厂矿里分为工厂区、生活区和宿舍区。生活区里有厂矿医院、厂矿食堂、厂矿百货店、厂矿子弟小学和幼儿

园等。它们彼此都在前后相差不到五百米的地方，一个挨着一个，错落有致地为厂矿的职工、附近的村民带来生活上的便利。其实，从米粒家的宿舍区走到生活区的尽头，也只需要不到三十分钟。然而，这附近一千多人的生活就是在这个小小舞台般的地方有条不紊地展开着。

自从爸爸从部队转业，米粒就跟着爸爸和妈妈离开了那座北方的大城市，来到了这家厂矿。米粒在这里读了厂矿幼儿园的大班，然后在厂矿子弟小学读了一年级，现在已经是二年级的小学生了。

一开始来这里的时候，米粒认生而害羞。她不是一个对陌生环境适应得特别快的女孩，当地人的口音又让她胆怯。她在幼儿园里说着和别的小朋友不一样的普通话时，觉得自己是一个异类。因而，她的话越来越少，大多数时间她都是沉默的。

然而，这里的人不像他们的口音那么奇怪，他们热情、质朴。谁家烧了新鲜的菜，都会喊自家的孩子端一碗分给邻居们尝尝鲜。谁家要是包了饺子，也会招呼隔壁的孩子去他家品尝。

家家户户几乎都在自家的后院里开辟了一块小小的菜园，连米粒家也尝试着种了辣椒、茄子、白菜和西红柿。而菜种子都是邻居们送的。

米粒记得自己上小学的第一天，因为换了新环境，哪怕只是从隔壁的幼儿园换到小学，也令她害怕。她那一天躲在家里，不肯去上学。因为家就离学校五分钟不到的路程，她清楚地听见上课铃敲响了，刚刚还闹哄哄的学校一下子变得静悄悄，她的心也一下子空落落的。她觉得整个世界都把她遗弃了。谁会注意到她这样一个平时不太爱说话的女孩子没有去上学呢？

正当她隔着玻璃窗，怅然若失地望向学校时，她看见从学校的门口奔过来一大群孩子，领头的是一位漂亮的笑吟吟的老师。他们一直跑啊跑啊，径直跑到她家的窗户边。他们跳跃着、欢笑着，一张张脸拥挤着贴在她家的玻璃窗上。米粒看见有她熟悉的幼儿园里的同学们，也有她不熟悉的从别的地方来上学的孩子们。他们轮流将有着一样欢笑的脸贴在她家的玻璃窗上，嘴里说着同样的话：“来上学吧，米粒。”那一刻，米粒觉得心里开出了一大朵绚烂的花，世界敞亮得让她几乎睁不开眼睛。

米粒打开自家的门，和他们绽放着同样的笑容，就像夏天

的向日葵一样，明亮又灿烂。

米粒现在已经喜欢上这里了。而妈妈好像怎么也喜欢不上这里。

对于妈妈一直怀念的那座北方大城市，米粒只有一些零星的记忆：春天的风沙刮得脸生疼；冬天的冰天雪地里，她躲在爸爸的怀里吃着冰糖葫芦，傻乎乎地看大一点的孩子在结了冰的大湖上溜冰，黏糊糊的糖浆黏着她的牙齿，她怎么也扯不断。

还记得有一次在那个好大好大的部队幼儿园里，小朋友们都在外面玩。她因为尿了裤子，而被老师安排在空无一人的午睡房里，坐在自己的小床上。天色渐渐昏暗，小朋友们的笑声好遥远好遥远地从操场上传来。没有一个人过来安慰她，没有一个人过来陪伴她，直到妈妈下班来接她，她才从小床上摇摇晃晃地走下来。

穿过爸爸部队里的飞机场时，米粒看到停在那里的飞机好大好大，显得她和妈妈格外渺小。

她们在一架又一架的飞机翅膀下面走过，妈妈的衣裙在大风里呼扇呼扇地翻飞着，她紧紧地牵着妈妈衣裙的一角，生怕一阵再大的风吹来，就把她和妈妈吹开。而妈妈这时候总是很温柔地对她说："别怕，我们就要到家了。爸爸今晚也许会飞回来哟！"那个时候的妈妈好温柔呀！

自从来到这个南方小山区的厂矿以后，一向温柔的妈妈突然像变了一个人，每天都因为爸爸发脾气。她指责爸爸把她带

到了这个山沟沟里；她指责爸爸没有好好考虑一家人的未来；她指责爸爸没有让米粒和她去城市里好好生活；她指责爸爸没有选择留在北方的城市，而是选择回到南方的小山沟里。

妈妈向往的是热闹的城市。而这里，是出了门就能看见山，是进一趟城要坐半天车的山沟沟。妈妈在这里觉得很委屈。她是一个美丽的女子，她在这里有一种无人识得她的美的落寞和孤独。她想穿着讲究的衣服，烫着城市里流行的波浪卷发，做一个时髦的城市女人。

而到了这里以后，她得自己种菜、自己挑水，她得和厂里的女子一样，端着一个脸盆去狭小的澡堂里和好多人抢一个水龙头洗澡。而且，最让妈妈受不了的是，女人们还袒胸露背地互相搓澡，同时还对对方的身体说着坦率而粗俗的笑话。

来这里也将近三年了，妈妈一直坚持说着普通话，还叮嘱米粒不要学当地人的口音。她总是对米粒说："我们会离开这里的。"妈妈在用这种方式坚守着她的城市梦。

然而米粒想，其实不离开这里也很好啊！这里多好啊，出了门，就是山呢。

此刻，冲出家门的米粒，正向着山上奔去。

外公的山

对于山，米粒并不陌生。她喜欢的外公外婆就是住在一座大山脚下的，米粒在四岁之前都是外公外婆带的。妈妈生下她之后，就随爸爸去了部队。于是米粒最初的记忆，是一段段关于绿色的记忆。

听妈妈说，外公曾经是他们当地县城里的干部，因为 20 世纪 60 年代的时候说了几句不该说的话，被领导定性为具有“右派”倾向。外公一气之下就“解甲归田”了。因此外婆埋怨了外公一辈子，说外公要是忍一忍，一家子现在肯定还是城里人呢。妈妈也一定是因为这个，才一定要当一个城里人吧。

然而，外公是米粒最喜欢的人。

外公除了每天耕田种地以外，还会念好听的古诗文给米粒听，会教她背简单的古诗，还喜欢打谜语让她猜：

粽子头、梅花脚，走起路来头直点

麻屋子、红帐子，里面住个白胖子

青石板，板石青，青石板上钉洋钉

…………

外公的谜语念起来是那么好玩，米粒跟着外公一起大声地念起来，至于谜底嘛，反而不重要了。

外公常常会在劳动了一天以后，把木桌和木椅搬到院子里，他们就坐在院子里的那棵古槐树下吃晚饭。

外公总是喜欢温上一壶酒，看着门前绿油油的稻田和长满了各式蔬菜的菜园，笑眯眯地对米粒说：“小米粒呀，看看这土地吧，多么芳香啊！再回头看看我们背靠的大山吧，多么踏实啊！”

外公说完，又给自己倒上一杯，“吱”的一声仰头喝下。外公那满足又潇洒的表情，让米粒觉得外公是戏里常常会飘逸而来又飘逸而去的神仙爷爷。

外公有时也会趁着酒兴拿出收藏的宣纸和笔墨。米粒知道这时候外公要写诗了，就会自个儿爬上高高的凳子。外公拿着毛笔唰唰地写着就要飞起来的字时，米粒就会在一旁努力地给外公磨墨，一点儿也不出声。

外公每次写完以后，都会大声地朗读给米粒听。米粒虽然听不懂，却觉得外公的声音高高低低的，好听极了。好多年以后，米粒才知道那是文字的平平仄仄的音韵美，而外公在她那么小的时候，就将这种美传达给了她。

外公屋后的那座山上长满了竹子和松树，一年四季都是绿色的。春天，外婆会去竹林里掰春笋，还会采野蕨菜。春笋用肉红烧、野蕨菜用辣椒小炒一下，那个饭菜啊，香喷喷，米粒能吃两大碗。

夏天，不管白天多么炎热，晚上坐在用艾草熏过的院子里看满天亮晶晶的星星和在眼前一闪一闪的萤火虫，再吹着从竹林里吹过来的风，总是一下子就会让人感到沁凉沁凉的。晚上睡觉的时候，米粒甚至还要拽一条薄薄的棉被盖着她的小肚子。在梦里，她和星星还有萤火虫，手牵着手将清脆的笑声洒了满山遍野。

一场秋雨下来，山上的竹子越发绿

了，隔着外公外婆家的后窗望出去，整个世界都是绿油油的。竹子沙沙地发出轻微的声响。远处的山坡上，正在放牛的外公披着一件自己编织的蓑衣，牛低着头忽隐忽现，外公也在绿色的竹林中忽隐忽现。外婆在细雨中和领头的那只大公鸡一起吆喝着母鸡们回家，声音细细地传来，像是在唱着一首绿色的歌。屋檐上滴下来一滴一滴的雨珠，它们闪烁着绿色的光。米粒被一片绿色包裹着，心中特别安稳。

冬天，外公外婆和米粒一起守在炭火盆边。外公煮好一大壶浓浓的茶，放在炭火盆上温着，看着古老的线装书；外婆则在一边做着针线活，缝补着衣服。

一场大雪过后，大地一片白茫茫，望也望不到边。深夜，米粒能听见屋后树梢上积雪滑落的哗啦声，以及猫头鹰在树林深处发出的清亮而悠远的叫声。第二天早上，外婆打开大门，看见雪地里印着一串清晰的脚印，从屋前伸向山上。外公说："狼獾子又下山来找吃的了。"

米粒觉得冬天的夜并不是她想象的那么安静。

米粒对世界最初的感触和认知，都是来自外公和他的那座山。而现在，米粒又回到了山的怀抱，所以米粒是打心里欢喜的。

周日的中午，厂矿里面静悄悄的。有的人家趁着休息，坐班车去城里玩去了；大部分人家刚刚吃过午饭，开始午睡。六月的午后，说热也就热起来了，人们都不愿意在芒种以后的午后出门了。

米粒却喜欢这空荡荡、静悄悄的午后。每次一有伤心事，她就会向她的那座山上跑去。今天，米粒也是如此。

没错，米粒现在也有一座山。在那座山里，米粒有一个秘密基地。那是谁也不知道的一个秘密所在，连米粒最好的朋友艾皑云也不知道。

桔梗花的蓝

去年夏天，爸爸从城里回来，如同平时一样，给米粒带回来几本小书。米粒很喜欢看书，也有很多书。

爸爸和妈妈在这一点上达成了一致，每次爸爸或者妈妈从城里回来，都会给米粒带回一些书。

米粒在全班同学之中，属于书最多的女孩子。她有一整套《红楼梦》小人书，这是米粒最珍爱的书。自从拥有了这套书，她就觉得没有什么书可以比得上这套了。所以，当爸爸又将带回来的书递给她的时候，米粒像往常一样谢过了爸爸，将书拿到了自己房间。米粒觉得这次也没有什么书比得上她挚爱的那套《红楼梦》。

米粒打算先把这几本新书看一遍，再重新细细地看她的那套《红楼梦》。虽然那套《红楼梦》她已经看过无数遍了，书里每页的图画都深深地刻在她心里了，然而她就是看不厌呀！那婀娜多姿的林黛玉、那含笑盈盈的贾宝玉，他们的一嗔一笑，都让米粒迷恋和羡慕不已。米粒每次翻开这套书，就觉得自己已经走进了他们的世界。她就是他们身边的一个朋友。她了解他们的喜怒哀乐，他们也必定会理解她的忧伤和欢笑。别的书也会带给米粒感动，但是只有这套《红楼梦》让她不愿从里面走出来。米粒好想拥有一种魔法，变成书里的人，哪怕是变成一个小丫鬟，就默默地站在林黛玉的身边也好。

米粒翻开爸爸带回来的新书。爸爸这次除了给她带了几本小人书，还买了一本薄薄的文字书。米粒不太喜欢看文字书。书里面没有图画，只有文字，让她觉得会在文字里迷路。况且米粒认识的字还不太多，大部分的内容她都看不懂。

米粒本应该先看那几本小人书的，却不知怎么先拿起了这本薄薄的文字书。书的封面很美。一大片蓝色，像湛蓝的星空，闪烁着一颗一颗小星星。一个白色的阳台上，站着一位美丽的紫衣女子，女子张开双臂，微笑着，仿佛迎面吹来了一阵香甜的风，吹起了女子的衣裙，吹动着她的长发，吹拂着阳台上白色的纱幔。“沙沙沙”，风儿吹过米粒的耳边。米粒好像听见这个美丽的女子正在用最温柔的声音说：“进来吧，快进来吧。和我一起去寻找那美丽的蓝色吧。”

米粒恍惚地翻开了书，一刹那，她的房间不见了。

她来到了一个山坡上。天空一下子亮得刺眼，就像米粒上小学第一天看见小伙伴们的笑脸一样，明亮又清澈。山坡上不是绿色的青草，而是一片一眼望不到边的蓝色花田。啊，这种蓝啊，简直就是米粒看过的所有蓝色加起来也无法描述的蓝，是下过雨后天空中最纯粹的蓝，是小美人鱼游过的大海最深沉的蓝，是爱丽丝姑娘身着

的最纯净的蓝，是外公指给她看过的夏夜星空中最闪烁的蓝，是老祖母压在嫁妆盒里的那颗最晶莹的宝石蓝，是曾和她对视的那只白猫最清澈的双眼蓝……它是充满梦想和希望的蓝，它是仙子采来的最美妙的梦编织出来的蓝。它是——桔梗花的蓝！

一株株桔梗花随着一阵心旷神怡的风，“叮叮”“叮叮”地摇晃着它们蓝色的小花朵。系着小围裙的白色小狐狸笑眯眯地对着米粒伸出手：“来吧，染一染你的手指甲吧，然后搭成一扇菱形的窗户，你会看见最美丽的事情。”

小狐狸端起盛着花汁的盘子，仔细地用画笔给米粒的手指甲涂抹着蓝色的花汁。米粒连大气也不敢喘，她小心翼翼地将指甲被染成蓝色的手指搭成一扇窗户，正要往里面看的时候，书“啪——”的一声掉落在地上，山坡和桔梗花一下子都消失了。

米粒又回到了自己的房间里，夕阳刚好从她朝西的窗户投射进来，她整个人都被一层蜂蜜色的光泽包围着。啊，只不过去了一次有着桔梗花的山坡，一个下午就这样过去了呢！

米粒摊开她的小手，手干干净净的，被涂过的蓝色没有留下一点痕迹。难道刚刚只是一场梦吗？可是那一切都是那么真切，桔梗花的蓝还惊心动魄地在她眼前闪现着，山野的风正带着花的清香在她身边轻轻退去，小狐狸柔软的画笔在她的指尖

还存留着温柔的触觉。

这不仅仅是一场梦。这一定是一本有着魔法的书！

米粒捡起书，赶紧重新打开。

她期待着再一次去往那片山坡，看见桔梗花的蓝，并再次遇见小狐狸。然而这次，这本薄薄的书似乎失去了魔力。米粒还是在自己的房间里，书里的字一行行叙述着刚刚的故事。美好却遥远。

米粒摊开她的手，将手指搭成菱形的窗户，一遍又一遍地往里面看。她看见她的小床，看见她摆在桌子上的一本本书，看见窗外的夕阳又浓烈了几分，云朵一大朵一大朵地扩散又聚拢。

她就是没有看见桔梗花的蓝和笑眯眯的白色小狐狸。

随后的一段时间，米粒一直在进行着她的花汁实验。

厂矿的路边有着各种小花，有的是人家种的，有的是自然长出的。有墙角边的绣球花，有篱笆边的木槿花；有黄昏时候开的洗澡花，有清晨时分开的喇叭花；深紫的、淡粉的、洁白的、天蓝的……

米粒每看见一种绽放的花，就轻轻地摘下几朵鲜嫩的，然后小心翼翼地捧回家，用她的小碗和小勺子慢慢地将这些花朵碾出花汁，再将这些颜色各异的花汁逐个涂抹到她的手指甲上。

在那段时间里，米粒手指甲上总是有着各种说不出的颜色，然而用这些花汁涂抹的手指搭成的菱形窗户里，米粒从没有见过她最想要看见的。

米粒放下手，结束了她的花汁实验，决定开始秘密行动——寻找桔梗花的蓝。

午睡是冒险

厂矿三面环山，一山连着一山，据说一共有九座山相连。当地人都说这山叫作“九连山”。

春天的时候，米粒曾跟着妈妈和邻居一起去近处的半山坡上采过雨后的蘑菇和木耳。米粒也曾趁着大人们午睡的时候，和小伙伴们一起在附近山脚找过野莓子和野葡萄吃。然而，米粒从来没有在山上走得太远。

这山这么大，大人们都警告过自家的孩子：只要翻过最近的一座山，就会迷路。而且山上有狼，还有专门抓小孩的山猴子，要是在山里迷了路，不是会被狼叼走，就是会被山猴子抓去当

它家娃娃养。大人们这样对孩子们说的时候，还特意回头望望那一座连着一座的山，小声地在后面加一句："据说山里面还有专吃孩子的老妖婆哟！"

大人们说这话时的表情神秘又诡异，孩子们听了都吓得缩着脑袋，觉得背后有股凉风袭来。因而，即使是最调皮、最大胆的男孩子，也从来不敢提议翻过山去玩耍。

而米粒决定翻过山去寻找她的桔梗花的蓝。她认为既然这山这么大，就一定能找到一大片蓝色花朵盛开的花田。而且说不定，在山野之间遇见的是粉色的花、白色的花，这些也统统会是有魔力的，因为它们都是山上的花呀！

米粒相信，每一朵花都会有魔力，每一株草也会有魔力——只要是在遥远的山野之间恣意生长着的。外公也说过：山，是神奇的。只要你认真倾听它，它就会给你答案。

又一个周末来临，米粒趁爸爸妈妈睡午觉时，偷偷地跑了出来。她实在不明白，为什么大人这么爱睡午觉，而且这么喜欢让孩子们也睡午觉。对于米粒来说，睡午觉就是一种带有"助人为乐"成分的冒险行动。她和伙伴们在大人们睡午觉的时候完成了一场又一场探险。

他们帮助过隔壁葛伯伯清除菜园里的杂草。他们本来是想在葛伯伯午睡醒来以后，送给他一个大大的惊喜的：他家菜园子里的杂草都神奇地不见了。然而，最后他们得到的不是葛伯伯的惊喜，而是葛伯伯的控诉。

葛伯伯在午睡醒来以后，惊讶地发现他家菜园里刚栽种的韭菜都被连根拔起，七零八落地甩在地畦上。在正午的阳光暴晒之下，这些韭菜已经成为一株株蔫儿了的干草。葛伯伯为此站在他家菜园子边上，大声地诅咒着“那些可恶的小鬼”。米粒躲在家里不敢往外面看，好长时间见了葛伯伯都躲着他，谁让葛伯伯骂人的时候那么厉害！

他们还曾帮助七奶奶寻找小鸡草，然后拿着小鸡爱吃的小鸡草去喂七奶奶的那群小鸡。小鸡草嫩嫩的，草尖上有着黄黄的粉末，柔软又甜蜜。他们不怕太阳晒，也不怕一丛丛比他们腰还高的草挠他们的痒痒，让他们裸露在外面的小胳膊沾上青草的汁液。七奶奶年纪这么大了，找小鸡草一定比他们还要困难。所以，他们一定要为七奶奶找好多好多小鸡草，把七奶奶的小鸡喂得饱饱的。等到小鸡长大的时候，七奶奶说不定还会请他们吃鸡腿呢。

谁知道，等七奶奶午睡醒来走到鸡屋去喂她那些宝贝小鸡的时候，一只只活泼可爱的小鸡已经伸长脖子倒在了地上，有的小鸡还在蹬着小腿呢！小鸡们的身边还有好多没有吃完的小鸡草。七奶奶一下子瘫在了地上，一把鼻涕一把泪地咒骂哪家该千刀万剐的家伙，欺负她一个孤老婆子。那天，米粒听妈妈

述说了七奶奶的“惨况”以后，暗自责怪小鸡们不该那么贪吃，把自己撑死了，七奶奶伤心可怜不说，他们满心期望的鸡腿也没有了。

以往一次又一次的冒险行动都以失败告终，米粒决定这次她一个人进行秘密行动。况且，桔梗花的蓝是她一个人的秘密，她要翻过最近的那座山，走进深山里去。她不能告诉任何一个人，包括胆小的牛小明、快嘴巴的艾皑云。

米粒做好了充分的准备，她戴上小草帽，抓了满满两把花生，把裤子两边的口袋都塞得满满的。她想她可能要走很远的路，要是饿了，就剥几颗花生吃。花生香香的、脆脆的，又好吃又顶饱。要是遇见山上的小鸟和小松鼠，还可以送它们几粒花生米，这样它们也许就会给她指路了。

那是一个炎热的夏天午后，知了在看不见的树荫里躲着，拼命地叫着“知了，知了”。米粒觉得知了是她所知道的最会吹牛的家伙了，它们天天都说知道知道，其实它们知道什么呢？它们知道桔梗花的蓝在哪里吗？它们知道爸爸妈妈什么时候才能够不吵架吗？它们知道米粒现在要去做什么吗？哼，它们一定统统不知道！

米粒抬头寻找那只吹牛的知了，没有看见它，就对着茂密的树枝做了一个鬼脸，继续奔跑在夏天的午后。

香樟树和松树散发出浓郁的香味，泥土在太阳的照耀下，散发着特有的香气，一阵一阵向米粒的脸上扑来。山路边的草像是在比赛着长。春天没有被人发现的野蕨菜，现在完全张开了春天捏紧的小拳头，舒展的叶子像鸟的羽毛一样，在风中摇

摇摆摆。米粒想，如果用青草的汁液涂抹在手指甲上，会怎么样呢？

米粒离开了山路，走在了满是野蕨菜的山坡上，她寻找着她所能发现的最美的一片叶子。她沿着山坡走了很久，总是在她觉得找到了那片最美丽的叶子的时候，又发现了另外一片更美丽的叶子。她采集了好多片像鸟儿羽毛的叶子，一片比一片漂亮。最后，她走得很累了，想找个地方先休息一下，然后再想办法将叶子捣成汁。

她找了一个松树荫，坐在了树下。太阳好像没有刚才那么晒了，山谷里吹来的风格外凉爽。她四周张望了一下，发现这里已经是她不熟悉的山坡了。她和她的伙伴们没有来过这里。一条小溪在远处的草丛中缓缓地流淌着。米粒有些口渴了，放下那些漂亮的叶子，走到小溪边，拨开厚厚的草丛，想喝点溪水。

她将小手拢成一个小碗状，从小溪里舀了一点水出来。溪水冰凉、清澈。米粒喝了一口，哇，溪水甜得就像放了蜜糖一样。正在米粒想舀第二捧水的时候，一道清脆的声音从她身后传来："小姑娘，你在这里做什么呀？"

请喝一杯青草茶吧

米粒没有想到这里会突然出现人，她惊得差点儿跌进溪里，手里舀的水也从手指间流落在溪边的绿草上。溪水在草叶上打着滚，滚成一颗一颗小小的水珠儿，最后才消失在草叶下面的泥土里。

她回头一看，一个笑眯眯的老婆婆正站在她刚才休息的松树下，歪着头看着她，手里还拿着她刚刚留在那里的那些漂亮的蕨菜叶子。

这个婆婆个子很矮，和米粒差不多高，圆圆的脸就跟天上的满月一样。婆婆身上系着一条黄色的围裙，围裙上有白色的花边；头上包着一条头巾，头巾也是黄色的；散落下来的头发是麻白色的。米粒觉得这个婆婆很和善，就像她的外婆一样让她感到亲切。

米粒跑到老婆婆的跟前说："婆婆，这些叶子是我刚刚采的，你还给我啦。"

老婆婆把手藏在了身后，还是笑眯眯地问道："你采这些叶子做什么呢？我看见你可是走了很远的路，一路采叶子，采到了这里哟！"

米粒想：咦，这个婆婆难道一直跟着我吗？我怎么一点也不知道呢？还有，婆婆的嗓音不都是很老很粗的吗？七奶奶说话的时候就像喉咙里有架小风车在呼呼地转，为什么这个婆婆的声音这么好听呢？像只黄鹂鸟在唱歌一样。而且，要是婆婆是一直跟着我爬山坡过来的，为什么她一点也不累呢？看着也没有出汗！

米粒觉得好奇怪，想到大人们说过山里有会吃小孩的老妖婆，她连连退了几步，警惕地看着婆婆。

婆婆好像猜透了米粒的心思，把那把蕨菜叶子递给了米粒，说：“别害怕啊，小姑娘。我正要找些漂亮的叶子回家煮青草茶喝呢。不如，我请你去我家喝杯青草茶吧！像这样炎热的夏天，用这条小溪里的水煮一壶有着青草香味的茶，再吃上几粒花生米，那真是再美不过了呢。”

老婆婆说完，还满足地咂咂嘴，好像已经要坐下来喝茶、吃花生米了一样。

米粒好奇地问道：“婆婆的家就住在这里吗？您一个人不怕吗？听说深山里有老妖怪呢。”

老婆婆听到这话，立刻哈哈大笑起来。米粒看见婆婆大笑的嘴里有着两颗兔子牙拦在下嘴唇上。那模样像极了一只兔子。婆婆笑的时候，一阵山风拂过，吹来婆婆身上散发的艾草味的清香。

婆婆笑完，对米粒说道：“要是你在山里住久了，就会知道山有多么善良了。我怎么会怕这么善良的山呢？那么，你来不来我家喝青草茶呢？如果你能送我几片你的叶子，我也会给你几片花瓣哟！”

米粒一听有花瓣，急忙问道：“婆婆，那你有没有桔梗花的花瓣呢？”

婆婆想了想，摇头说：“桔梗花？那要再爬过几座山头才能找到呢。我这里有小苍兰的花，有风铃草的花，还有绣球花和小雏菊的花，都是很漂亮的花呢。”

米粒一听可以找到桔梗花，高兴地蹦了起来，连忙说：“婆婆，那您能带我去找桔梗花吗？”

婆婆睁大眼睛，疑惑地问：“小姑娘，你为什么一定要找桔梗花的花瓣呢？我年纪大了，走不了那么远的山路了。而且，现在我只想先喝一杯青草茶，好好享受夏天的午后再说。”

米粒听了婆婆的话，立刻说：“婆婆，我把这些叶子都送给您呀！我口袋里还有花生米呢，我也统统送给您呀！我们先

去喝青草茶，然后您带我去找桔梗花，好吗？”

婆婆一听米粒还有花生米，那双眼睛睁得更大了。婆婆欢喜得直搓手，连声说：“好好好，我们先去煮一壶青草茶。哈哈，哈哈。等喝完香香的青草茶，吃完香香的花生米，我们再来商量怎样去找桔梗花。”

米粒伸出小手指，对着婆婆说：“那我们约定好了哟！”

婆婆看看米粒的小手指，再举起自己的手看看小手指，笑了笑说：“好，约定好了。”

婆婆的小手指和米粒的小手指钩在了一起。米粒的手感觉到婆婆的手小小的，软软的，冰冰凉的，就好像小猫爪子一样，温柔地贴在她的手心。

六月，还是栀子花

婆婆的家就在山腹，米粒和婆婆很快就来到了婆婆家。在路上，米粒知道了婆婆叫黄婆婆。婆婆说大家都这么喊她，然而米粒在心里却暗暗地叫她兔子牙婆婆。

婆婆的家是一座小小的草房子，远远望去，要是不在意的话，就会自然地忽略它。房子四周都是绿的，苍绿色的松树下长满了旺盛的绿草，婆婆的草房子也是绿色的草搭建的，有个像小蘑菇的烟囱巧妙地从绿色的屋顶上冒出一个头。屋顶上还开着几朵小花呢，果然有婆婆说的风铃草花和小苍兰花，小雏菊也有好几种颜色的。如果不是婆婆带着米粒，并指给她看，米粒一定认为那只是草地上隆起的一个小土坡。

婆婆在松树下转了几圈，好像是在找屋子的大门。米粒暗笑，婆婆果然是老人家呢，连自家大门都找不到了。

最后，婆婆在一片绿色中推开了一扇绿色的门，连米粒都没发觉原来这里有扇门。门很矮，婆婆弯着腰先进了门，米粒也跟着弯着腰进了门。

一进门，米粒就被里面的神奇景象深深吸引了，她张大嘴巴，连发出一声赞叹都忘记了。

从外面看，草房子很小很小，进得门来，却发现屋子好大好大啊！不仅有宽敞的客厅，客厅的左边还有一间大厨房，右边还有一间大卧房。客厅里面有檀木做的一张木桌子、两把木椅子，大小刚好适合婆婆和米粒。更妙的是，客厅里的一面墙壁上，还有一个小壁炉，壁炉前放着一把木摇椅。米粒完全可以想象，冬天山里大雪纷飞的时候，婆婆是怎样坐在壁炉前的摇椅上，煮着茶，打着瞌睡的。卧房里也有一张大大的檀木做的床。檀木很香很香，整个屋子都是好闻的檀木香。

爸爸曾经从城里给她带回来一把檀香扇，那是米粒最喜欢闻的一种味道了。米粒舍不得打开它来扇风，就把它藏在藏宝盒里。第二年夏天，米粒再次打开她的藏宝盒，想再小心地闻闻那把檀香扇的味道，结果，那把她宝贝的扇子被咬了好多小虫眼儿，木头的扇面已经千疮百孔，香味也已经几乎消失了。

米粒为此伤心了好久好久，直到爸爸答应以后再给她买一把。而婆婆的整个屋子竟然都是好闻的檀木香，想怎么闻就怎么闻。米粒大口地吸一口气，又大口地吸一口气，一点儿都不想把这气味呼出去。

地板上铺着一层厚厚的草垫子，米粒踩上去，软软的，就像是踩进了一朵胖乎乎的云朵里。她跳了跳，草垫子仿佛有弹簧一样，米粒一下子蹦得老高，手指往上轻轻一点，就够着屋顶了，就像在屋子里面飞起来一样。米粒欢快地往下看，婆婆正笑眯眯地看着她。

米粒更加欢快地喊着："婆婆，你家怎么这么好啊！"

婆婆见米粒欢喜，也欢喜起来，两只手搓着说："呵呵呵，还有更好的呢。"

婆婆走到厨房，拿出一个小石碗和一个小棒槌，说："嗯，煮青草茶可得仔细捣汁液呢。"

米粒走到婆婆的旁边，说："婆婆，我也来帮忙吧。"

婆婆把小棒槌递给米粒说："好，你把那些漂亮的叶子慢慢地在石碗里捣碎，直到它们变成绿绿的汁液，我们就可以开始煮好喝的茶了。我先点火，把水烧起来了。"

厨房里的灶台就和米粒外公外婆家的灶台一样，左右各有两口大铁锅，中间有个小小的圆孔。中间那个小圆孔一般都是用来烧水的。

婆婆往灶台里塞进去一把稻草，火苗立刻噼里啪啦地蹿了起来，好像在唱一首欢乐的歌。小蘑菇似的小烟囱也飘起了一缕缕有着稻草香气的炊烟。等到水咕嘟咕嘟地冒泡泡的时候，米粒也“嘿哟嘿哟”地捣好了青草汁。

婆婆畅快地说：“好嘞，现在可以泡茶喽。”

婆婆神奇地从木橱柜里拿出一把小陶壶和两只小杯子。杯子是木头做的。婆婆将青草汁液倒进小壶里，再用一个木头做的长柄直勺从灶台里舀出咕嘟咕嘟冒泡的开水，倒进小壶里。接着，她赶紧用一根木头小刷子在壶里用力地搅拌。直到青草汁完全化在水里，婆婆才停下手来。

婆婆端着小壶和杯子，将它们放在了客厅里的檀木桌上。米粒坐在一边的檀木椅上，看着婆婆又走到客厅的壁橱前自言自语：“嗯，这次就是白色的栀子花吧。”说完，就从里面拿出一只有着大肚子的小白瓷罐子，罐子上面画着两朵栀子花。

婆婆打开罐子，一股栀子花的香气扑鼻而来。婆婆用木头勺子舀出两大勺栀子花蜜，浇在热热的青草茶里。

婆婆坐在另一把檀木椅上，好像完成了一项重大工程一样宣布：“好了。现在，请喝一杯青草茶吧。”

婆婆给米粒那边的小木头杯子倒上了满满一杯青草茶，再给自己的木头杯子也倒上了一满杯。

婆婆用双手握着杯子，满意地闻了一下，再满意地喝了一口，闭上眼睛幸福地说：“啊，真是好喝啊！六月，果然还是要配上栀子花蜜呀！”

米粒也迫不及待地学着婆婆用双手握着杯子，闻了闻清香

满溢的茶，再咕咚咕咚喝了好几大口。她情不自禁地闭上了眼睛。啊，这是一种什么样的好味道啊！心一下子就像花瓣一样舒展开来。柔软的，芳香的，甜蜜的……各种美好的记忆，一下子全涌上了米粒的心头。

米粒仿佛走在了六月下着小雨的小路上，这条小路边开放着一朵朵洁白的栀子花，被雨水浸润的栀子花格外清甜软糯。空气也格外清新。远处，爸爸妈妈手牵着手走在这条路上，幸福地笑着。他们不再争吵。妈妈温柔，爸爸英俊。米粒快乐地跑向他们，他们蹲下来，快乐地向她张开双臂，要将她紧紧拥抱在怀里。

就在爸爸妈妈快要抱住她的时候，路边传来一只猫的叫声。米粒循声看去，一只慵懒的大黄猫正得意地望着她。米粒心里一跳，睁开了眼睛。

雨后的小路不见了，幸福的爸爸妈妈也不见了，大黄猫也不见了，只有青草茶和栀子花的香气，依然在婆婆的屋子里萦绕着。而婆婆，正在神秘莫测地看着她。

米粒红着脸对婆婆笑笑，说：“婆婆，这茶真好喝！我还能再喝一杯吗？”

婆婆往嘴里丢了一颗米粒拿出来的花生米，嘎嘣嘎嘣地嚼着，含混不清地答道：“当然可以。不过，你能告诉我，你刚刚看见了什么吗？”

两个愿望

米粒越发觉得婆婆是个神奇的婆婆。

米粒想，也许，婆婆真的能帮她实现愿望，帮她找到属于她的桔梗花的蓝。于是，米粒把心事统统告诉了婆婆。米粒讲了好长时间，包括外公的那座踏实的大山，妈妈坚持的城市梦，爸爸的委屈和失落，还有米粒自己的疑惑和伤心。

婆婆时而皱眉，时而叹气，一直认真地听着米粒说的每一句话。米粒在说话的时候，婆婆没有插一句话，连一个哈欠都没有打。米粒从来都没有和别人说过她的这些心事，也没有人认真地听她说过。

米粒记得有一次妈妈在给她洗澡的时候，又和爸爸闹起了别扭，和爸爸你一句我一句地争吵起来。爸爸赌气摔门而出，妈妈坐在澡盆边的小板凳上生着闷气。澡盆里的水渐渐凉了，妈妈却仿佛忘记了米粒一样。

米粒小心地喊了一声："妈妈……"妈妈却将怒火转移到了她的身上，一边对她呵斥道："干吗？喊什么！"一边僵硬地帮她擦干身上冰凉的水。

其实那时候，米粒是想对妈妈说一句："妈妈，你别生气了。

妈妈，米粒爱你呀，爸爸也爱你啊！”然而，妈妈都不给米粒说出这句话的机会。那一刻，米粒真的特别特别伤心。

米粒说到这件事情的时候，婆婆伸出手摸了摸她的脑袋。

婆婆注视着米粒，问道：“那你说一说，你为什么一定要寻找桔梗花的蓝呢？”

米粒回答道：“因为桔梗花的蓝可以帮助我实现愿望。”

婆婆又认真地问道：“那你的愿望是什么呢？”

米粒想了想，说：“我有两个愿望。我希望能够成为大山的好朋友，又想让我们一家能够去城里，过妈妈想要的生活。婆婆，您觉得我这两个愿望能够同时实现吗？”

婆婆扭头看向窗外，良久才缓慢地答道：“小米粒，其实只要我们每个人给自己实现愿望的时间，并且为这个愿望认真努力，所有的愿望到最后都会实现的。你的愿望，婆婆相信，也一定会实现的。可是你知道吗？有时候，一个愿望实现以后，会让另一个愿望失去实现的意义。我们也不能太贪心，你只能选一个现在对你最重要的愿望去努力实现，不然，说不定两个愿望都不能实现哟！当然，当你完全地了解了你自己，明白了你真正想要的，说不定两个愿望又会同时实现呢！”

米粒被婆婆这一大段话说得云山雾罩的。她似乎明白了，又似乎没有完全明白。米粒问：

"婆婆，那您能够帮助我吗？"

婆婆点点头说："嗯，我可以帮助你，不过你首先得弄明白你真正想要的，知道什么才是对你最重要的。天色不早了，你出门已经很久了。今天你先回家吧。以后你还可以过来找我。婆婆和你一起慢慢地来实现你的愿望。"

米粒抓起了她的小草帽，站起身，问婆婆："婆婆，那下次我怎么才能找到您呢？您是一直住在这里的吗？"

婆婆帮米粒打开了小屋的草门，又笑眯眯地说："啊，我是一个一直流浪在这山野之间的老婆婆。不过我想我暂时会在这个山腹里住下来的。下次你要找我的时候，就穿过那片野蕨菜的山坡，然后顺着山谷的那条小溪，走到第七棵松树下，记得哟，是第七棵松树哟。然后，在树下转三圈半，喊一声黄婆婆，我就会来给你开门。现在，你顺着你来时的路走，很快就会到家的。"

"嗯，我记下来了，婆婆。那我先回家了。"

"好，下次再见，好孩子。"

米粒按照婆婆的指点，顺着小溪走过七棵松树，穿过野蕨菜山坡，果然，很快就看见厂矿的宿舍区了。

米粒觉得自己在婆婆那里过了好长好长一段时间，回到家的时候，却发现爸爸妈妈刚刚午睡醒来。他们一点也没发现她刚刚经历了一次秘密的探险，并且遇见了一位神奇的朋友。

自从那次和兔子牙婆婆相遇以后，米粒在爸爸妈妈午睡的时候，只要她能够偷偷跑出来，都会去第七棵松树下转上三圈半，

找到婆婆，在婆婆的草房子里和婆婆一起喝一杯青草茶。

婆婆还会根据不同的心情和天气，在青草茶里浇上不同的花蜜。米粒尝过茉莉花蜜，那是一种比栀子花蜜更清甜的花蜜，是露水滴在月光上的清澈，是外婆唱过的一首睡前歌谣；米粒还尝过粉红色的莲花蜜，那是晚风吹拂着隔壁陈姐姐连衣裙的飘逸和清远，是陈姐姐那似有若无的笑意盈盈；米粒还尝过野豌豆花蜜，那是小伙伴们手牵着手围成一圈玩着丢手绢的游戏，发出咯咯的笑声。

甚至有一次，婆婆还拿出了她珍藏的四叶草蜜。那一次，米粒在喝过加了四叶草蜜的青草茶以后，看见了很久没有再见过的外公。外公穿着飘逸的长袍，站在山头。风呼呼地吹着他，他宽大的衣裳灌满了风，似乎就要飞起来了。外公写过的那些字帖轻盈地托起他。外公对她伸出手来，用最为温暖的笑容对着她点头，似乎在对她说话，可是她没有听清。那次，米粒哭了。自从外公去世后，她最为想念的就是外公。她知道外公是想告

诉她：别害怕，别伤心，只要用心倾听，就会有答案。

那次之后，秋天来了，米粒也开始了新的学期，爸爸妈妈减少了午睡时间，督促着米粒休息和学习，米粒再也没有成功地偷跑出来，去那第七棵松树下。

接下来是漫长的冬天，大雪覆盖着山野，米粒更没有机会再穿过那片野蕨菜山坡。

春天的时候，满山坡都是采野菜的人，米粒也跟着妈妈在山上采过鸡爪菜，却始终没有接近过婆婆的那片山坡。

转眼又是六月。

而今天，一声破裂的水缸声，让米粒下定决心。

就是今天，米粒要找到兔子牙婆婆，让婆婆帮助她实现愿望。她已经知道什么对她是最重要的。如果爸爸妈妈不再幸福，那么米粒一个人的幸福也不是幸福。米粒希望爸爸妈妈不再吵架，哪怕她从此远离大山，哪怕她以后再也见不到兔子牙婆婆。

有魔法的手链

米粒跑啊跑，过往的一切都被她跑在了身后，她只有一个念头：找到兔子牙婆婆，让爸爸妈妈不要再吵架了。

米粒在山野里穿来穿去，很快就又找到了那片野蕨菜山坡。一株株野蕨菜长得好高，几乎和米粒一样高。米粒拨开它们一片一片羽毛似的叶子，顺着山坡飞速地往下奔去。

山谷间的溪水又在阳光下闪着光，米粒来不及蹲下来喝一口清甜的溪水，继续在山谷间跑。

第一棵松树。第二棵松树。米粒在心里默默地数着。

整个秋天、冬天和春天都没有再见着兔子牙婆婆了。婆婆搬家了吗？婆婆还在那里吗？

第三棵松树。第四棵松树。

婆婆还会笑眯眯地为她打开那扇矮矮的小草门吗？还会用她特别清亮的声音对她说“来，请喝一杯青草茶”吗？

第五棵松树。第六棵松树。

婆婆生气了吗？这么久没有找她，婆婆是不是以为米粒已经把她忘记了呢？

第七棵松树。

到了。

米粒站在松树下，突然有点儿紧张。万一，万一婆婆真的生气了呢？万一，万一婆婆真的搬家了呢？

米粒忐忑不安地转着圈，一圈，两圈，三圈，再加半圈。不能多，也不能少。米粒的小百褶裙仿佛旋转出了一朵朵洁白的花。

米粒喊："婆婆，您在吗？婆婆，您还在吗？婆婆，我来啦，米粒来啦！"

山谷的风吹着，夏天的草依然那么茂盛，草尖也仿佛在和着米粒的声音在风中摇摆。

婆婆没有出现在草叶的后面，笑眯眯地为米粒打开那扇青草门。

婆婆走了。

米粒失望极了。

婆婆忘记了和米粒的约定，她悄无声息地走了。

米粒在松树下坐了下来，委屈地抱着膝盖，把头埋进手臂

里，有点儿想哭。她既有想念婆婆的意思，又有埋怨婆婆的意思。要是婆婆真的走了，米粒还能够找谁诉说心事，实现愿望呢？

米粒突然觉得好累，疲倦地闭上眼睛，睡着了。

迷迷糊糊之间，一个悦耳的声音传来：“小米粒呀，你来了啊！”

米粒抬起头，揉揉眼睛，看见兔子牙婆婆站在她的面前。和去年一样，婆婆还是围着那条有着白色花边的黄围裙，还是和去年一样，笑眯眯地弯腰看着米粒呢！

要是说有什么不同的话，那就是婆婆的头巾换成了白底蓝色小碎花的，那些蓝色的小花，就像蓝色的桔梗花一样，一朵一朵在风里摇着铃铛。

“啊，婆婆，我的好婆婆，您没有走啊？”米粒一下子跳起来，紧紧地拥抱着婆婆。

婆婆身上依然有着好闻的艾草香味，让米粒的心一下子安稳下来。

“婆婆怎么会走呢？婆婆和米粒约定好的事情还没有完成呢。”婆婆笑呵呵地说。

婆婆总是这么快乐，难道她就没有烦恼吗？

婆婆总是在山野里流浪，难道不会孤单吗？她就没有想念过谁吗？

婆婆的声音永远这么轻盈，就像她小巧玲珑的身体一样，婆婆分明已经是个老婆婆了啊，可为什么没变得老态龙钟呢？

米粒在心里想了好多关于婆婆的问题，可是说出口的只有一句："婆婆，米粒好想你呢。"

婆婆又快乐地笑了，牵着米粒的手转了三圈半，推开了那扇青草门。米粒跟着婆婆再次走进那个神奇的草房子。

小屋子还是那么亲切和温馨。檀香木的桌椅依然散发着淡淡的檀香味，桌子上摆着米粒熟悉的小陶壶和木杯。铺在小屋地板上的草垫子似乎换过新鲜的稻草，米粒踩在上面，仿佛踩在了一大块更加松软的云朵上面，轻盈盈的。

一切都没有变，是多么让人喜悦呀！

就好像这山，一年又一年，总是默默地、踏实地给你相同的开花与结果。草绿了又黄，花落了又开，它从来不会让你失望，只要你对它抱有最深沉的希望。

婆婆说："怎么样，再来喝一杯青草茶？"

米粒点点头。

婆婆神秘地从橱柜里拿出一个特别的小罐。小罐子圆溜溜的，洁白的瓷身上面画着一个有着忧郁眼神的猫头人，被一簇蓝色的花包围着。啊，那正是桔梗花。难道，这是桔梗花蜜？！

婆婆用小木勺子从小罐子里小心地舀出两勺，浇在热腾腾的有着薄荷香味的青草茶里。

婆婆笑道："这是我从更远的山上仔细地采来的桔梗花蜜哟！小米粒，快喝吧，看看是不是你一直在寻找的桔梗花的蓝？"

花蜜呈现出淡淡的蓝白色，在青草

茶里，仿佛天空和大地在地平线的最终相遇。

米粒望向杯子里面，看见了白云、大地和星星，还有辽远的天空和风。花蜜逐渐融化，米粒的心也跟着融化。

米粒端着杯子，久久地凝视着这沁人心脾的蓝。

最后她抬起头，坚定地对婆婆说："不！婆婆，这杯青草茶我不要喝了。我不要只属于我自己的桔梗花的蓝了。我要爸爸妈妈幸福，要他们不再吵架，要妈妈能够实现她的梦想。"

婆婆放下杯子，长久地看着米粒。青草茶和花蜜的香气萦绕在她们的面前。婆婆点点头，笑了："米粒，看来，你终于了解了你自己，知道你更需要什么了。是的，一个人的幸福，不是真正的幸福。为了家人的幸福而努力得来的幸福，才是更加让人感动的幸福。好，这很好。婆婆说过会帮助你实现愿望的。婆婆现在就教你编织一种有魔法的手链。你编织好以后，将手链带回去给你的爸爸妈妈，一人戴一条，然后，他们就会明白真正的幸福到底是什么了。到时候，你的愿望就会实现了。"

“嗯，婆婆，我会努力学的。”

“那我们就开始吧。”

编织手链的材料其实很简单，是婆婆草房子前面那片山芋地里的山芋杆子。婆婆从田地里选了三根最粗壮的山芋杆子，分给米粒两根，自己手里拿着一根。

婆婆仔细地将山芋杆子上的叶子择掉，剩下光秃秃的杆子，闪着紫红色的光泽。婆婆从粗的那段开始，轻轻地别断一小节，再将山芋杆子的皮轻轻地撕下一小节。

婆婆一边低着头编织手链，一边对米粒说：

“别把皮给撕断了。我们只要这样一小节一小节地别断里面的芯，然后用有韧性的皮将它们连接在一起，这样它们还是一串。

“一节，一节，每一节，我们在编织的时候，都要用上我们的全心全意，并且把我们内心最深的感情投入进去。

“别分心。一定要想着你要实现的愿望。最后，我们就能够完成这条有魔力的手链了。如果在编织的过程中，外面这层皮断了，那么手链的魔法就失效了。所以，我们一定要小心翼翼地呵护它们。

“小米粒，其实这也是我们的人生呢。每一节，我们都要全心全意地拔节生长。最后我们完成的，就会是一场有魔力的人生。你明白吗？”

米粒对于人生还没有想那么多，她只听见婆婆说的“一小节一小节”“别断芯”“让外皮连着”“编织的时候一定要想着要实现的愿望”……米粒就这样低着头，认真地、小心翼翼地跟着婆婆编织着山芋杆子手链，并且相信这将是有魔力的手链。

米粒为了让魔法手链不断，格外缓慢地编织着，等到她努力地编织完两条手链的时候，夜晚已经来临了。婆婆在米粒编织的时候，也忙个不停。婆婆编织好她的手链，把这条手链给米粒戴了起来。

婆婆说：“小米粒，这条手链编织进了婆婆的愿望，也是一条魔法手链哟！这是婆婆送给你的最后一件礼物了。以后，婆婆要继续在山野之间流浪去了。婆婆要搬家了。不过，今晚你就住在婆婆这里吧。婆婆的大床可是很舒服的哟！等到明天，一切都会好起来的。”

米粒戴着婆婆送给她的手链，躺在婆婆的檀香木大床上，好像又回到了很小很小的时候。

屋顶的小蘑菇烟囱悄悄为她打开一扇明亮的窗，米粒看见窗外显现出外公山上那片青翠的竹林，竹梢间沙沙的风轻柔地吹拂着她的脸庞。幽蓝的天空格外靠近她，硕大的星辰像一颗颗蓝宝石一样，在她的眼前闪烁着。

米粒觉得大床格外宽大，她像一粒小小的尘埃一样，长着一双透明的翅膀，在无限的寂静里飞翔着。

她看见露珠和她一起降落在草叶之上，她看见月光牵引着她向着明亮的那一面扬起她浓密的睫毛，她看见她踮着脚尖在花瓣上舞蹈。

她牵起蓝色的衣裙，礼貌地对着花朵们弯腰敬礼，花朵们也频频向她致意。

她看见婆婆向她挥着手，她们一起欢快地在桔梗花田里奔跑着。

米粒感觉幸福紧紧地包裹着她，她无比满足地呼了口气，疲倦又舒服地闭上了眼睛，沉沉地睡去。

找到我，抱紧我

一群人的呼喊声由远而近地从天空上方传来，米粒慢慢地睁开了眼睛，第一眼就看见了妈妈怜爱焦急的表情。米粒正被爸爸抱在臂弯里，爸爸的脸也浮现出来。

米粒环顾四周。

婆婆的草房子呢？散发着香味的檀香木大床呢？总是笑眯眯的兔子牙婆婆呢？

米粒没有找到。

爸爸和妈妈正紧紧地抱着她，还有很多大人在周围发出如释重负的交谈声。只有身下的草如同厚厚的毯子一样，让米粒依然有着踩在软乎乎的云朵上面的感觉。

米粒疑惑地问："妈妈，婆婆呢？"

妈妈红着眼眶，抱歉地对米粒说："孩子，让你受苦了。以后妈妈再也不和爸爸吵架了。妈妈对不起你呀……"说到这里，妈妈哽咽了，扭过头嘤嘤地哭了起来。

爸爸用另一只手握住了妈妈的手，安慰她说："别哭了，孩子已经找到了，该高兴呀！"爸爸一边说，一边将米粒抱得更紧。

米粒更加糊涂了，再次问道："爸爸，有着兔子牙的婆婆呢？她的草房子呢？我明明是在那里睡觉的啊！对了，对了，婆婆还教我编织了两条有魔法的手链，说是你们只要戴上，以后就再也不会吵架了。"

米粒说着，举起手，摊开手心。果然，那两条手链还在她手心里。

米粒拉起爸爸妈妈的手，郑重地给他们一人戴上一条。

妈妈看着手链，哭得更厉害了。

爸爸也紧紧抿着嘴唇，深深地皱起眉头，端详着手链，然后说："嗯，爸爸妈妈以后再也不吵架了。爸爸妈妈要给米粒幸福。"

果然，这是有魔法的手链呢！

米粒在爸爸妈妈的怀抱里，幸福地笑了。

后来，米粒才知道，那天她奔出家门以后，爸爸妈妈等到黄昏也没看见她回来，就去找她。可是，厂矿里、学校里、同学家里、附近的山脚边，哪里都没找到她。

爸爸妈妈着急起来，等到夜晚来临时，厂矿里的很多大人都自动地加入了寻找米粒的队伍。这支队伍找了整整一夜，终于在黎明时分找到了睡在草地上的米粒。

原来，米粒已经翻越了三座山，在五公里之外的一处山谷之间。据说，远远地看见小米粒的第一个大人，还曾看见一只大黄猫安静地守在米粒的身边。等到他叫着米粒的名字奔向米粒的时候，那只大黄猫就“喵”的一声对着他叫了一下，然后“嗖”地钻过草地，转眼就消失了。

大家都没有看见什么兔子牙婆婆，也没有看见米粒说的那座神奇的草房子。至于那两条手链，爸爸妈妈回到家以后，就将它们放进一个小盒子里保存起来。米粒没有发现，那两条用山芋杆子编织的手链，被她紧紧地攥在手里一晚上，已经干瘪，失去了水分，没有了活力。

爸爸妈妈在找到米粒后的那一夜，两人深入地交谈了一次，他们明白了各自的苦衷，也明白了这两年对米粒的疏忽，以及给米粒带来的伤害和影响。他们决定以后遇到问题好好协商，不再互相埋怨、争吵。

后来，爸爸妈妈真的再也没有大声吵架了。米粒一直深信，这都是婆婆的手链的魔法。

而且米粒一直深信，兔子牙婆婆只是又去山野之间流浪了，没有让任何人发现她而已。

米粒又去了山里几次，她总是试图重新找到那片野蕨菜山坡，找到那条闪闪发光的小溪，找到站成一条直线的七棵松树。她在山野之间寻找着，会偶尔遇见一些蝴蝶，一只兔子，一枝野百合花，却再也没有找到过那片山坡和那七棵站成直线的松树，甚至也没有遇见过黄色的猫。

在夏季快要结束的一天，米粒看着在山野上空飘动的朵朵白云，在心里默默地说："再见了，兔子牙婆婆。"

桃子香姑娘

我一直相信，
你是一个水蜜桃似的女孩。

新学期的新快乐

新学期开始的第一天，一切仿佛是新的一样。

米粒好喜欢这种一切散发着新鲜味道的日子。她背着新书包，一路雀跃着跑向学校。一个暑假都没有去过的学校，仿佛焕然一新了。

米粒的小学真的很小。中间一个大操场，操场的北面是一排小平房，平房一共隔成了五间教室，从左到右，依次是一年级到五年级，每个年级一个班。操场的南面有三间并排的房子，那是老师们的办公室。

从那排小平房的第二个教室转到第三个教室，就是三年级的教室了！

米粒觉得自己一下子长大了。她把头昂得高高的，走进校门，穿过大操场，骄傲地直奔三年级的教室。

二年级的教室她看也没有多看一眼。六月份刚刚离开的二年级教室，显得那么矮小。一年级和二年级的小学生推推搡搡地往教室里挤，米粒觉得他们多么幼稚呀！

书包甚至还没有洗过，因为要保持书包的挺括有型，米粒不让妈妈洗她的新书包。现在书包还保持着它浆过的原样，有棱有角地竖立在米粒的背上。

新书还没有领来，空荡荡的书包装着米粒的一个铁铅笔盒。米粒走一步，铅笔就在铅笔盒里蹦擦蹦擦地唱着歌。

昨天晚上爸爸仔细地把米粒的每支铅笔都削得尖尖的。爸爸削的铅笔特别漂亮，就像用有些同学从城里买回来的削笔器转过的一样。铅笔尖每一道被小刀削的痕迹都均匀整齐，滑溜溜地舒展成一朵小小的花骨朵的模样。

长长的铅笔尖优雅地舒展在小花朵的最前面，等待着米粒把它们写在白纸上，写成一个一个米粒新认识的字。米粒觉得这些字也像一朵一朵开在纸上的花，有的忧伤、有的喜悦、有的淘气、有的乖巧。

妈妈总是把米粒写字的本子整齐地收藏起来，从一年级到二年级的，每本都没有丢掉。妈妈说，米粒已经开垦出一大片属于字的花园了，真是了不起呢。

妈妈这样说的时候，米粒就觉得自己是一只拾字的小蚂蚁，走在一条长长短短的格子路上，长着翅膀的字在她的面前飞舞着。米粒就努力地用爸爸给她削好的铅笔，一个一个地将它们驮回家，然后一朵一朵地将它们种进她的小花园。它们在她的小花园里开花结果，俨然成了一片小小的森林。

就要上三年级的米粒，这次又会背回哪些字呢？

米粒摩拳擦掌，跃跃欲试。

铅笔盒里的铅笔们也跟着米粒摩拳擦掌，跃跃欲试。

米粒踏进三年级的教室时，班里已经来了好多同学了。虽然平时大家都住在这个厂矿宿舍里，最远的也不过二三十分钟的路程，有些同学昨天晚饭后也许还一起在大操场上追逐打闹过，但毕竟一个暑假没在教室里看见了，大家都很兴奋地打着招呼。那情景，仿佛足足有一百年没见面的样子。

“哇，二子，你的头发又剃短了呀！”

“小娟，你长高了呢。”

“胖子，暑假你又吃了多少西瓜呀？瞧你这肚子圆的！”

尤其是住在附近村庄里的同学，更是既陌生又新鲜。一个暑假很少见面的他们，皮肤晒得更加黝黑，眼珠更加黝亮，身子骨更加结实。暑假里，他们可不像厂矿里的孩子只知道躲着日头瞎玩。他们要帮忙碌的爸爸妈妈割稻子、晒谷子，有时还要在河塘里捉小鱼小虾，跟着爸爸或者妈妈去集市卖他们捉上来的小鱼虾，贴补家用。厂矿附近还有菜农和果农，暑假里，

这些孩子也会跟着爸爸妈妈去看护瓜田，顶着烈日推着板车去卖西瓜、桃子和葡萄。

当然，他们在暑假里的趣事也更多，因此，围在他们身边的孩子会格外多。

米粒踏进教室的时候，一个外号叫“瘦猴子”的男孩正在一群男孩子的包围中，讲着他今年夏天在厂矿附近的水库里，凭着他特别棒的水性，捉到了一条三斤重的大鲤鱼的故事。他正讲到“只见我一个鲤鱼打挺”的时候，班主任许老师进来了。

班上的同学迅速跑回自己的座位，挺直了脊背，端坐好。老师还没有重新分座位，大家不自觉地都坐回和二年级一样的座位上。暑假里的趣闻趣事，自然会成为班上之后一个月的主要话题。而现在，面对即将开始的新学期，每个同学都在激动地期待着。

班主任许老师还是那么漂亮，高高的马尾辫随着她轻盈的脚步一甩一甩的。许老师是米粒这所小学里少见的从正规师范学校毕业的年轻老师，前年刚毕业就担任了米粒这个班的班主任。米粒他们特别喜欢许老师，许老师笑起来甜甜的，说话声音总是温温柔柔的，对待学生更是有耐心，从来不打骂他们。

许老师是城里人，平时上课的时候会住在学校提供的单身宿舍里，周末或假期就回城里的家里住。一个暑假没有看见美丽的许老师了，米粒和其他同学一样，再次看见许老师，心里充满喜悦。

许老师轻巧地跃上讲台，满面含笑地看着教室里每个学生，朗声问道：“同学们，暑假过得好吗？”

开学啦！

大家都扯着嗓子喊道："好！"每个同学都从心底发出快乐的声音，生怕许老师没有听见。

米粒一下子觉得三年级的教室被各种各样的快乐填满了，是经过夏天的阳光翻晒过的快乐，是被青草和绿树拥挤着的快乐，是伙伴们蹦跳着挥洒汗水的快乐，是被满天的繁星和清凉的云朵俯视过的快乐。

米粒也发自内心地和同学们一起大声地喊："好！"

是啊，怎么能不好呢?！爸爸妈妈不再争吵了，整个暑假米粒都是幸福的。爸爸给她买了更多的书，她也看了更多的书。妈妈每天都给她做好吃的。

妈妈的拿手菜是蒜香排骨。她做的排骨酥而不腻，汁水特别浓郁，配上妈妈在快出锅时撒下的一把大蒜瓣，排骨的肉香就完全被大蒜的香气给提炼出来了，米粒每次都吃不厌。

一个暑假吃下来，米粒觉得自己既长高了许多，也长胖了不少。米粒本来就是班里个子不算矮的女孩，现在，更加显得高了，坐在第三排的位子上，总觉得挡住了后排同学的视线。米粒二年级的同桌是她的好朋友艾皑云。艾皑云一个暑假下来，还是没有长高多少，米粒现在比她高半个头了。看来，米粒的座位要往后排了。

许老师扬起了她掩不住笑容的脸，再次朗声道："看来同学们都度过了一个快乐的暑假呢，老师就更加快乐了。希望这学期，我们也能够一直快乐地度过。接下来，我们排座位吧。"

新座位旁的空位置

一听到要重新排座位，同学们像炸开了锅一样，沸腾起来。有不舍的，有兴奋的。有的说：“好希望我们还能够分到一起呀！”也有的说：“哈哈，我终于不用再和你坐在一起了。”

但是，其实每个同学都在暗暗猜测自己这次会和谁分到一起。也有同学在暗自祈祷着：啊，我千万不要和谁分到一起呀！排座位就像是一道未知的谜题，在答案揭晓之前，让每个同学的心都提得高高的。

米粒跟着同学们走到教室外面的走廊上，别的班级也有在排队的；也有已经排好队正被老师一个一个叫着名字，走进自己的教室，坐到新位置上的。学校里一片欢声笑语，每个人都特别兴奋。

米粒和她的好朋友艾皑云手牵着手站在队伍中间。米粒觉得自己一个暑假长高了好多，应该排到队伍靠后一点的位置，艾皑云却用力地拽着她的手说：“米粒，别去了，我想和你坐在一起呢。”

米粒也想和艾皑云坐在一起，于是就由着艾皑云牵着她的手，挤在队伍的中间。

许老师一个接一个地叫着名字，男生叫一个，进去一个，女生再叫一个，进去一个。啊，这学期，许老师是特意安排男生和女生混合着坐吗？

有的男生怪叫着，有的女生脸红着。艾皑云紧张地牵着米粒的手，小声地对米粒说：“怎么办呀？米粒，看来我们不能同桌了呢。我可不想和那些调皮捣蛋的男孩子坐在一起呀！”

艾皑云一紧张，米粒也跟着紧张了。米粒说：“我们往后靠吧，说不定到时候许老师会把我们安排到一起呢。”

艾皑云点点头。趁着队伍一片混乱，米粒和艾皑云拼命地往队伍后面走去。正走的时候，许老师叫道：“艾皑云。”

艾皑云做了一个壮烈的表情，无奈地向米粒挥着手，转过身大义凛然地朝教室里走去。那样子，就像是舍生取义的勇士一样。

米粒更紧张了，赶紧一个人缩着头，挤到了队伍的最后面。班里年龄最大的刘兰兰有十二岁了，因为连着三年都留级，个头高出了米粒一个头。她看见米粒站在她的后面，不停地嘻嘻笑着。

米粒觉得刘兰兰那笑容有着别的意思，却又不好意思质问她到底在笑什么，只好抿着嘴孤单地站在队伍的最后面，希望许老师能够将她遗忘。

队伍在逐渐缩短，同学们被叫着名字一个一个走进教室，坐进了他们的新位置。教室里开始比走廊里沸腾好多，有正在和新同桌打闹的，有赶紧给新同桌画三八线的，还有男同学和男同学隔得老远互相喊名字，嘻嘻哈哈地说笑的……

站在队伍里的同学们更加急迫地想进教室，希望早点被老师喊到名字，确定下自己的新同桌和新位置。等到刘兰兰和另一名男同学被一起叫到名字走进去以后，整个班级就只剩下米粒一个人孤零零地站在走廊里了。米粒在他们坐定以后，跟着许老师走进教室。

教室里最后一排靠右边还有两个空位置，米粒自觉地走到那里坐了下来。米粒这时候才轻微地呼了一口气：“嗯，总算是没有被安排和男生一起坐呢。”

米粒还没有在椅子上坐稳，就听见许老师在教室的前面“咦”了一声：“怎么回事？刘兰兰坐在了米粒的前面？刘兰兰，你和米粒换一下位置吧，你比她高很多呢。”

米粒惊讶地抬起头，看见刘兰兰正心不甘、情不愿地收拾着自己的书包，往米粒坐的最后一排走来。

刘兰兰旁边的位置上坐着的是全班个子最高，也是家离学校最远的男生宋天军。

米粒涨红了脸，不想去。

奈何许老师和全班同学都看着他们。米粒勉强站起来，背着她的新书包，朝刘兰兰的座位走去。

刘兰兰和米粒擦着肩膀走过的时候，又发出了那种意味深长的笑声。

米粒书包里的铅笔盒随着米粒的脚步，发出“哐——当——哐——当——”的声音。它们似乎也在故意拖着长长的音，说着“怎——么——回——事——”

米粒缩着肩膀在宋天军旁边坐了下来，她将书包紧紧地抱在自己的怀里，低着头，只看着书桌的一小块地方，头都不敢抬。

许老师这时候又发出了“咦”的声音：“宋天军也长得好高哦，比米粒整整高出一个头嘛！宋天军，你也坐到最后一排刘兰兰的旁边去吧。”

全班所有人的目光都被这走来走去的座位迁移吸引了，大家都扭着头，兴致勃勃地看着。等看着宋天军站起来，收拾起书包，挠着脑袋，做着鬼脸，缓慢地

走到刘兰兰的旁边时，全班爆发出一阵响亮的笑声。

大家其实也不知道在笑什么，就是觉得一个女生移过去，一个女生移过来，再一个男生移走，特别好笑，特别好玩，就像一出戏。

这时候米粒抬起涨红的脸，看见刚刚还坐着高大的宋天军的位置，空了下来。她缩紧的肩膀终于松弛下来，头也敢左扭扭、右转转地看看四周了。

米粒看见艾皑云坐在自己前面两排的第二组，正扭头看向自己，兴奋地对着自己挥着手。还没等米粒反应过来，艾皑云又回过头去，和她的新同桌热烈地说些什么了。刚才艾皑云壮烈的表情完全不见了，看来她已经完全适应她现在的座位和同桌了。

米粒微微地朝艾皑云摆摆手，早已扭过头去的艾皑云却一

点也没看见米粒的这次摆手。

许老师环顾了一下教室，满意地点点头说："嗯，这样挺好。这学期，大家就先这样坐吧。"

现在，米粒没有同桌了。她既没有和男生坐在一起，也没有和女生坐在一起。不知道这是不是一件好事。

她一直悬着的心现在轻轻地落了下来，却不知为什么，落下来的时候，米粒仿佛听见了一片洁白羽毛落地的声音，带着轻微的寂寞。

那片羽毛轻轻地颤动着，好像正等着下一阵轻风吹来的时候再次飘向空中。

新学期开始的第一天，米粒有了一个新座位，新座位旁边是一个空位置。

米粒就这样开始了一个没有同桌的新学期。

艾皑云把她给丢下了

没有同桌有许多好处，比如，米粒可以把自己的书摊在旁边的空位，写字的时候胳膊想伸到哪里就伸到哪里，不用怕自己挤到别人，也不用怕别人挤到自己。每当看到艾皑云和她的新同桌为一条三八线大战的时候，米粒就觉得自己特别自在。

艾皑云的新同桌是一个个子矮小、说话不多的男孩，叫郑勇敢。可是他一点儿也不勇敢。都三年级了，他还经常拖着两条鼻涕；和别人说话的时候，肯定先吸溜一下鼻涕；他的衣服袖子永远有两块发亮的地方，那是他长期擦鼻涕的地方。

艾皑云在和郑勇敢做同桌的第一天，就与他约法三章了。

第一，不许超过三八线。艾皑云用小刀在他们的书桌上刻了一条特别清晰的三八线。当然，艾皑云在刻的时候，不知是尺子的量度有问题，还是别的什么原因，这条清晰的三八线明显地偏离了书桌的正中间，艾皑云那边要多出很多。郑勇敢看着艾皑云刻三八线的时候，只是一个劲儿地用袖子擦鼻涕，没有说出任何意见。

第二，不许吸溜鼻涕，特别是不能在艾皑云面前吸溜鼻涕。要是艾皑云看见郑勇敢吸溜鼻涕了，就会毫不留情地惩罚郑勇敢。艾皑云说这条的时候，郑勇敢忍不住吸溜了一下鼻涕，正准备说话的时候，艾皑云拿起铅笔在记录郑勇敢违规行为的小本子上又写了一条记录。郑勇敢龇牙咧嘴地叫嚷了一声，没有吸进去的鼻涕吓得一下子缩进了鼻子里。

第三，不许碰艾皑云的任何东西，包括铅笔、书包，以及艾皑云的衣角什么的。要是上课不小心碰到了艾皑云，艾皑云也会毫不留情地惩罚郑勇敢。

有一次上课的时候，郑勇敢不小心碰到了艾皑云放在书桌上的胳膊，只听“砰”的一声，郑勇敢一下子就被艾皑云撞出了板凳，跌坐在教室的地板上。正在黑板上写字的老师回头问怎么回事，郑勇敢用袖子擦擦鼻涕，说：“老师，没事，我不小心从板凳上摔了下来。”说完，他小心翼翼地坐在板凳的一角，不敢往艾皑云那边靠近了。

全班哄堂大笑。

“鼻涕虫，假勇敢；鼻涕虫，怕媳妇。”下课以后，一些调皮的男生都围着郑勇敢，拍着手，大声地唱着这首新编的歌谣。郑勇敢一点儿也不生气，只是用袖子擦擦鼻子，然后对着男生们呵呵地笑着，那样子仿佛还挺得意的。

艾皑云可不干了。她瞪着眼睛，对着那些正在拍手唱歌的男生大吼道：“你们这些臭男生，唱什么呢？！谁要是再唱，我就撕烂谁的嘴！”

米粒觉得一个暑假过后，艾皑云更加泼辣和勇敢了。面对这么多男生的起哄，她一点儿也不害怕，反而直接和男生们较上劲儿了。米粒一面佩服艾皑云的厉害，一面又暗暗庆幸自己没有和任何男生同桌，不然，她哪里能够对付得了这些厚脸皮的男生呢？

现在艾皑云在课间的时候，要全力对付那些厚脸皮的男生，很少再有时间坐到米粒的身边说悄悄话了。米粒看着在男生中间奋战的艾皑云，觉得她既陌生又遥远。

偶尔，艾皑云来到米粒身边的时候，也不再说“篱笆墙边的牵牛花又开了几朵了”、“大猫虎子又生了三只小猫了”、“我们放学的时候去看看吧”这样的话了。

有一次米粒对艾皑云说：“昨晚放学的路上，我看见一只蚂蚁扛着一只大它好几倍的蜻蜓翅膀，歪歪斜斜地吃力地走着，于是我一直跟着它，一路为它喊加油，结果回家晚了半个小时，被妈妈骂了……”

米粒正说到蚂蚁歪歪斜斜走路的样子多么有趣的时候，却发现艾皑云一直在看着那群调皮的男生，笑骂着：“真讨厌！”然后艾皑云就直接打断她，对她说某个男生如何如何讨厌的事情。

艾皑云还对着米粒的耳朵，神秘地说：“对待男生啊，要……”

对于这样的话题，米粒实在不知道说什么。她茫然地点着头，不知如何接上艾皑云的话题。

渐渐地，艾皑云不再去米粒身边坐着聊天了。她会和其他一些女生在课间聚集在刘兰兰的身边，偶尔欢笑，偶尔神秘地低声说话。

米粒觉得艾皑云已经放开自己的手，一个人往另一条她暂时还赶不上的路上走去。艾皑云就这样把她给丢下了，让她一个人看着蚂蚁，数着云朵。

戴白帽子的大鸟牵来一朵云

十月底的时候，树叶和草开始渐渐地变黄，蝉的叫声越来越稀少，夜间的青蛙也开始一声少似一声，叫起来有气无力，半天才应付似的从遥远的田畦间叫个一两声。

终于有一天，这些声音完全消失了。早上起来的时候，白霜会贴在玻璃窗上，画出树叶或是花朵的形状。米粒知道，充满凉意的深秋真的来了。

这天早上，米粒和平时一样，快速地吃了早饭，慢慢地走到学校。即使米粒家离学校只有五分钟的路程，米粒也总是要眼看着上课铃就要敲响了，才跑进教室。

米粒在上学、放学的路上，总是能遇见很多事情发生。

比如一群蚂蚁搬家，遇见另一群蚂蚁拦路抢劫，就会发生一场大战。这个时候，米粒可不能走吧？她总得维持战争的正义吧？

比如等待一朵小花开放的时候，一只小白蝶会飞到米粒的肩头，和她一起静静地等待。这个时候米粒也不能走吧？她得等到花儿开出来，小白蝶高兴地飞到花朵上，才能安心地离开吧？

比如，每天清晨得数一数东头秦姑姑家的葡萄架子下，一串青葡萄中又红了几颗，然后记在她的小本子上。可是，第二天，她总是会忘记昨天她数的是哪一串了，于是，她总是得仔细找找。

比如，路上看见一只花母鸡正在咕咕叫地打着圈，它正焦急地找它顽皮的孩子，米粒总得帮助这只母鸡，一起咕咕叫着寻找到它的孩子吧？

所有这些都能够让米粒花很多的时间，绕很远的路，才能来到学校。

这天早上，米粒在路上既没有看花朵，也没有遇见蚂蚁大战，更没有遇见走失了孩子的花母鸡，可是，米粒还是几乎要迟到了。

因为她刚走出家门，就看见一只从没有在附近见过的大鸟，

大鸟正站在米粒家门前的那棵香樟树上梳理着羽毛。这只大鸟全身乌黑，只有头顶长着一簇洁白的羽毛，米粒猛地一看，还以为是一位戴着白帽子的老爷爷呢！

米粒抬头看鸟儿的时候，鸟儿也正歪着脑袋认真地看着米粒。鸟儿的眼睛亮晶晶的，像两颗闪着光的玻璃珠儿，那光还带着点儿狡黠。

秋天的早晨，空气特别清新，天空也格外清朗高远。大鸟用嘴巴梳理一下自己的羽毛，就昂起那颗戴着白帽子的脑袋对着天空叫了一声，声音婉转辽远，仿佛是在对天空说着一些高兴的话语。

每当大鸟对着天空叫的时候，蓝天上的一朵白云就会飘动一下。那朵云白里透着微红，就像是童话书里说的白雪公主的肤色一样好看。

那朵云就好像被大鸟的声音牵引着，一步一步地飘到了米粒的头顶。米粒高高地昂着头，一动也不动地看着云朵神奇地移来。

就在云朵飘到米粒的头顶时，米粒闻见了一阵新鲜的水蜜桃散发的淡淡香味，还听见那只大鸟仿佛得意地笑了几声。

米粒再去看那只大鸟，大鸟扇扇翅膀，呼啦一声就飞走了。那阵似有若无的水蜜桃的香味也无迹可寻了。

云朵就在米粒的头顶停留了那么几秒钟，又开始向东面飘动了。

十月底的秋天，怎么会有桃子的香味呢？米粒想，一定是自己想吃桃子了，才会产生错觉！她踢了一下脚边的小石子，蹦蹦跳跳地跑向学校。

米粒前脚踏进教室，上课铃就响了。

米粒有了新同桌

第一节课是许老师的数学课。米粒赶紧跑到自己的座位上，拿出数学书和铅笔盒，端端正正地坐好。

别看许老师平时温温柔柔的，上课的时候可是很严肃呢。班里的同学都有点儿怕她，虽然她从来没有打骂过他们，但是，许老师美丽的大眼睛瞪一瞪，就会让班里最调皮的男生偃旗息鼓，老老实实地听课。

米粒刚为上课做好准备，许老师就迈着轻盈的步伐走进了教室。她轻轻一跃，走上了讲台，高高扎起的马尾辫还在她脑袋后面轻轻地摇晃着。许老师总是这么精神，这么美丽，米粒因此也特别喜欢上许老师的课。让米粒骄傲的是，她的数学成绩一直是全班最好的，每次考试都是第一名呢。

许老师没有立刻上课，而是面带微笑看着大家，然后向外面招招手说："进来吧。"

大家都好奇地看向门口。门口却什么也没有。

许老师走下讲台，又走到教室外面，只听见她轻轻地在和某个人说些什么。有些调皮的男孩离开了自己的座位，尽量往前探着身体，看向教室门外。

还没等那些调皮的男生跑到教室的最前面，许老师就牵着一个戴着红帽子的女孩走了进来。那些离开座位的男生赶紧往自己的座位上跑，有一两个还撞在了一起，然后故意发出夸张的“哎哟”声。大家纷纷笑了起来。

这一笑不要紧，被许老师牵进来的女孩本来就低着头，红着脸，现在把头垂得更低了，脸都红到了脖子。米粒看见女孩低着头露出来的脖子那里红透了一大片。要不是许老师牵着女孩的手，这个女孩现在一定要逃出教室了吧？

许老师轻轻地咳了一声，说：“请大家安静。”

全班同学立刻停止了笑声，在座位上坐直了身体，齐刷刷地看着许老师和许老师身边的那个女孩。

女孩微微抬头，快速地扫了一眼大家。见大家都看着她，脖子上本来稍稍褪去的红意又一下子红了起来，这次连耳根都变得红彤彤的了。

许老师用甜美的声音介绍着女孩：“这位是班里新来的同学。我们请她介绍一下自己，好吗？大家欢迎。”

班里一下子响起了掌声，一些男生把掌鼓得特别响。班里那些调皮的男生似乎有着释放不完的精力和热情，所以他们会抓住每次机会把自己的热情释放出来。有的男生甚至敲起了桌子。

许老师抬起手，示意大家安静下来。有的男生又心不甘、情不愿地鼓了几下掌，敲了几下桌子，才停下来。

许老师身旁的那个女孩等到所有的声音都消失以后，才微微把头抬高。大家这才看到这个女孩长什么样子。

陶甜美

这个女孩脸圆圆的，有一双特别大的眼睛，眼睛里面仿佛盛了一汪清澈的湖水。女孩的眼睛转动的时候，湖水也仿佛轻轻起着涟漪。女孩的皮肤好白好白，就像米粒早上看见的那朵白云一样白。对，白里面还透着微微的红。

女孩紧紧抿着嘴巴，看了看全班同学，又迅速涨红了脸，那白嫩的脸庞一下子又变得通红通红。她紧张地动了动嘴巴，小声地说："我……我叫……我叫陶甜美……"

她好不容易说完这句话，又立刻低下头，再也不肯抬起头来。

许老师看着红着脸、低着头的陶甜美，笑着说："陶甜美是一个特别害羞的女孩子。米粒，陶甜美就坐你旁边吧，以后，你和大家要多多照顾她哟！"

米粒站起来，激动地点点头。她终于有新同桌了，而且是个这么美丽的女孩子。米粒心里面好高兴。

许老师对陶甜美说："陶甜美，你坐到米粒的旁边去吧。坐

好以后，我们开始上今天的课。”

陶甜美低着头，一边绞着斜挎在她身上的绿色书包的带子，一边慢慢地走到米粒的座位旁，轻轻地坐了下来。

米粒赶紧往边上挪了挪，腾出更大的空间。谁知陶甜美也赶紧往她那边上挪了挪。于是，米粒和陶甜美之间空出好大的一个位置。米粒不好意思再动，陶甜美也不再动，她们就这样远远地坐在一个桌位上上起了课。

可是，米粒还是很高兴，自己终于有新同桌了。

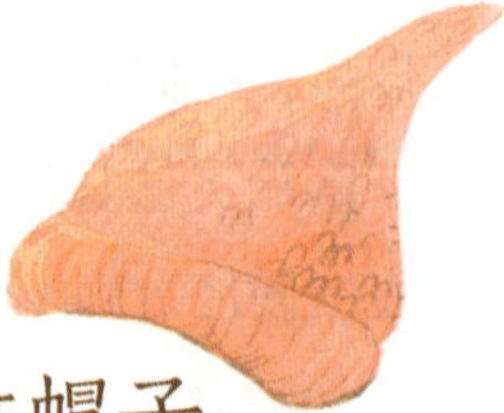

爱脸红的陶甜美戴着红帽子

新同桌陶甜美真是一个异常胆小和羞涩的女孩。米粒本以为她自己就是一个害羞的女孩了，没想到，陶甜美比她还要羞涩。

自从陶甜美做了米粒的新同桌以后，米粒就不再是每天最后一个进教室的人了。因为每天早上米粒踏着铃声走进教室的时候，陶甜美一定还没有来。

陶甜美几乎是跟着老师的脚后跟走进教室的。而且走进教室的时候，她很少抬起头和大家打招呼。她总是紧张地绞着她斜挎着的绿色书包带子，匆忙地坐在米粒的旁边。

上课的时候，她也总是尽量离米粒远一点儿，坐在板凳的边缘。这让米粒深深感到不安，以为自己挤着她了，也只好尽量往边上靠。于是她们的座位就很奇怪地总是在中间空出一大块地儿，不像别的座位，主人总是为了一点点位置争得不可开交。

下课的时候，陶甜美很少离开座位玩耍，也几乎从来不出去上厕所什么的。课间，米粒想要出去晃荡一圈的时候，因为怕突然起身会让陶甜美摔跤，总是会敲敲桌子，提示陶甜美她要起身了。陶甜美这时候就会面红耳赤地往里面挪挪，稳住自己的重心，并且更加脸红地对米粒说声谢谢。

米粒也曾想喊陶甜美和她一起出去转悠，那次米粒尝试着轻轻地碰了碰陶甜美的胳膊，问她要不要一起出去玩。结果陶甜美慌乱得简直要跳起来，那张平时白嫩的脸红得就像要烧着了似的。

米粒被她吓了一跳，只好自己出去在操场的小花园里看蚱蜢在草尖上荡秋千。

爱脸红的陶甜美还喜欢戴一顶红帽子。那顶红帽子从她上学的第一天开始，就戴在她的头上。不管晴天还是下雨天，她都戴着那顶红帽子。

那顶红帽子大概是陶甜美的妈妈用红色的细毛线编织的，正好紧紧地扣在陶甜美的头上，帽子的下围缩进去，她的头发全部都塞在了帽子里面。偶尔有一缕头发偷跑出来，她就会惊慌地看一下有没有人注意到她，然后飞快地把那缕头发重新塞进去。

陶甜美平时几乎不动，也不主动和人讲话，她总是穿着一

件宽宽大大的褐色麻布衣服，朴素得几乎没有任何特点。

一开始也有几个活泼的女生主动找她说话，还有几个调皮的男生围着她逗她说笑，然而陶甜美只是红着脸，低着头，说不出三句话。尝试了几次之后，这些男生女生大概觉得陶甜美实在无趣，就不再找她玩了。因此大部分时间，陶甜美很少再引起同学们的注意。然而，米粒却越发对这样神秘的陶甜美产生了好奇。

米粒开始仔细观察这位坐在她身边的陶甜美，也特别想接近这位戴着红帽子、总是脸红的女孩。

没有人注意的时候，陶甜美显得自在很多，她会偷偷地、好奇地打量班里的每一位同学。那一天，班里一个同学不知说了一件什么趣事，同学们都跟着欢笑起来，陶甜美也偷偷地跟着笑起来。

在她展开笑容的时候，她白皙的脸庞上透出了红润的色泽。透过窗户，秋天澄净的阳光斜斜地照进来，温柔地打在陶甜美的脸上，连她脸上金黄细小的汗毛都能看得很清楚。

这个女孩的笑容在那一刻是那么清澈，就如九月的湖水一样清澈，就如十月的天空一样清澈，就如深秋山里的空气一样清澈。

看着陶甜美的笑容，米粒仿佛又闻到一阵水蜜桃的香味，清新、甜美，似有若无，在她的鼻子前转瞬即逝。

米粒吸着鼻子想继续寻找这种香味的来源，却怎么也捕捉不到了。米粒心中莫名地感到怅然若失。

她再朝陶甜美看去的时候，陶甜美已经收起了笑容，阳光

已经从陶甜美的脸上轻轻移开，落在了她的脚前。陶甜美还是那个紧张的、易脸红的、不起眼的女孩子。

米粒疑惑地看着陶甜美，陶甜美似乎也注意到米粒好奇的目光，她再次脸红地低下头。

米粒却在她垂下头的一瞬间，捕捉到她清澈的目光里的一丝喜悦和狡黠，就像是既怕被别人发现秘密，又想和别人分享这个秘密一样。

米粒心里也有了一份小小的喜悦，她在心里给陶甜美取了一个崭新的名字：桃子香姑娘。

谜一样的陶甜美

如果你发现了一个事物的第一个小秘密，接下来，你很快就会发现第二个、第三个，甚至更多。当你发现的秘密越多，你对这个事物就会越发了解，而通过了解以后，你会发现这个事物已经离你很近很近了。也就是说，你去了解一个事物的时候，不是只有你一个人在走向这个事物，其实，这个事物也在不停地走向你。

陶甜美当然不是一个事物，她是一个让米粒好奇的谜一样的女孩。

自从米粒看见了陶甜美那次带着香味的清澈笑容以后，就像是一个神秘的事物被发现了第一个秘密一样，米粒渐渐地又发现了陶甜美的第二个小秘密，第三个小秘密……

比如，陶甜美右边靠耳朵根的白皙脸庞上，有一颗小小的黑痣。

比如，陶甜美的衣服上经常会沾着青草汁，有时候还会有一两颗小苍耳或者是雏菊的小花瓣粘在她的衣服上。

比如，陶甜美笑的时候，上面靠左边的一颗小虎牙就会俏皮地露出来。

而每次陶甜美笑的时候，米粒都会闻见那阵似有若无的水蜜桃香味。有时候味道更明显一点儿，有时候味道更微弱一些。米粒好几次都想问陶甜美是不是擦了什么特别好闻的面霜，但又不好意思开口询问。

随着米粒对陶甜美的了解越来越多，陶甜美好像也正在慢慢地走近米粒。面对米粒，她不再那么紧张，也不再那么容易脸红。她们俩正在不知不觉中坐近，不再像从前一样各坐在凳子的两端。

有一次，米粒忘记带橡皮了，课间做作业的时候问陶甜美借橡皮用，陶甜美很自然地就递给了她。陶甜美没有脸红，也没有紧张。

米粒看见陶甜美递橡皮的那只右手，小小的，白白的，细小的毛细血管在她透明似的皮肤下若隐若现，米粒从没有见过像她那样柔嫩的手。陶甜美的手伸过来的时候，米粒又闻见了那阵似有若无的桃子香。

米粒忍不住问道："陶甜美，你身上为什么总是有一股桃子香呢？真好闻。"

陶甜美听见米粒这样问她，立刻缩回手，又涨红了脸，小声地对米粒说："嗯，可能是因为我家住在桃园里吧。"

米粒一听，更加好奇地问道："啊，原来你家是种桃子的啊！哇，那你岂不是有吃不完的桃子啊？"米粒说完，露出羡慕的神色。

谁知陶甜美把头垂得更低了，脸越发涨得通红。她咬着嘴唇，不再和米粒说话。

米粒不知自己哪里说错了，也赶紧低下头，继续做作业。

自从那次简短的交流之后，陶甜美又有很长一段时间没有和米粒说过话。她每天到得更晚，走得也更早了。有几次是老师都讲了几分钟的课，她才匆忙地跑来。而每次放学，她几乎都是一听到老师说下课，就冲出了教室，有时候甚至比老师还要早冲出教室。

让米粒奇怪的是，陶甜美的红帽子越来越脏，她却好像从来不会洗一洗。她的褐色衣服也渐渐变得颜色更深，好像也是从上学之后，就从来没洗一下。班上的同学也开始感觉到陶甜美的这种变化。有时候从陶甜美身边经过的时候，会闻到一股奇怪的味道。

这种味道说不上难闻，但也绝对不好闻。有些爱开玩笑，以吸引大家注意的男生还会故意从陶甜美身边走过时捏着鼻子，说：“什么味啊？”引来一阵笑声后，他们才满意地离开。

每当这时，陶甜美都沉默地低着头，不理睬身边的笑声，

好像没有听见似的。然而，米粒还是会在这股奇怪的味道中，不经意间闻到那股甜美清香的水蜜桃味道。

陶甜美是故意想要用这种味道遮住她身上的桃子味吗？米粒奇怪地问自己。

转眼是十一月底了。山边上的冬天往往会来得特别早。校门口的银杏树在十一月初就早早地穿上了金黄金黄的衣服，如今，又早早地将那些金黄金黄的树叶撒落一地。同学中有些怕冷的，都会在早上来学校的时候围上围巾，戴上妈妈织的毛线帽子了。

有那么一两天，天气骤然之间冷得厉害，气温几乎降到几摄氏度。天空铁青着一张脸，乌压压的云朵就积在学校的上空。

下课的时候，同学们聚在教室前的走廊里，跺着脚，对着冻僵的手哈着气，看着阴沉的天空，兴奋地揣测着：今年到底什么时候下第一场雪呢？也许明天就会下一场大雪吧。有的同学甚至相约着明天下雪以后，一起痛痛快快地打场雪仗呢。

谁知，第二天天空一下子又放晴了，天气暖和得仿佛还是十月初的晴好。那些相约着打雪仗的同学失望地看着天，一些怕冷的同学则重重地舒了一口气。

米粒感觉到陶甜美也如释重负般搓着手，看着窗外的阳光微笑了起来。

前几天特别冷的时候，陶甜美一直皱着眉头，白里透红的脸上冷得连血色都没有了。米粒不知道等到冬天的时候，她会冷成什么样子。

接下来的几天，一天比一天暖和起来，老天仿佛一下子把冬天和大雪忘得一干二净，拼命地要把春天找回来。

很多同学都穿不住秋天的厚毛衣毛裤了，在中午的时候，只要在太阳底下走一小会儿，就会热得冒汗。

陶甜美的脸色却越来越红润，整个人也越来越精神。有时候，她甚至会在课间走到太阳底下，暖洋洋地晒着太阳。那顶红帽子依然严严实实地戴在她的头上。这么说起来，好像是没有见过陶甜美出汗的样子呢，甚至上体育课跑步的时候，陶甜美都没有出过汗呢。

对于米粒来说，陶甜美依然是一个谜。

还是下雪了

不管太阳再怎么金黄温暖，秋天依然拖着脚步走到很远很远的大草原去了。山，要是没有冬天，要是没有雪花，怎么能够迎接来年更美丽的春天呢?

十二月初的一天，在经过那样温暖的一阵子天气之后，一天下午，刚刚还像抹了一层蜂蜜的温润阳光突然就不见了，正在上课的同学们看见黑压压的云层浩浩荡荡地从山那边的天空上涌了过来。

一开始，还有一两束阳光挣扎着从镶着金边的云朵中间投射出来，笔直地打在教室的窗棂上，再接下来，连那最后一缕阳光都被厚厚的云层吞没了。

气温也随着阳光的消失一下子降了下来。有些穿得少的同学，明显开始觉得冷了。大家一点儿上课的心思都没有了，纷纷伸长脖子，望着窗外阴沉沉的天色，满心期待着什么事情的发生。

突然，有谁惊喜地喊了一声：“下雪了！”

果然，雪花纷纷扬扬地，一片一片就像白鸽的羽毛一样，轻盈地从云层里面飘扬下来，落在学校的操场上、小花坛里，还落在几棵梧桐树和银杏树上。一会儿工夫，学校就白了。

大雪继续飘落下来，正在上课的老师也停止了讲课，站在教室门口看着突然降落的初雪。

同学们早就欢腾了起来，全部跑下自己的座位，贴在窗户上，拥挤着，嬉笑着，看着雪花飘扬。

米粒也站起来激动地看着这场突如其来的大雪，喜悦地想着：这雪要是一直这样下到夜里，明天一定会积成厚厚的一层。明天早晨可得早早地起来，赶在别人都没有出来的时候，在雪地上踩出一个一个脚印，画出一个一个图案。

米粒这样兴奋地想着，一转头看见陶甜美脸色苍白地坐在位置上瑟瑟发抖。她本来红润的嘴唇也变得乌青，露在红帽子外面的白皙额头上冒出大颗大颗的汗珠。

“陶甜美，你怎么了？生病了吗？”米粒赶紧像妈妈照顾生病时的自己一样，用手背贴了贴陶甜美的额头。

陶甜美的额头冰凉冰凉的，米粒吓得喊了一声老师。

老师赶过来看到陶甜美的样子，说赶紧把陶甜美送到厂矿医院去看看。

谁知陶甜美一边发抖，一边拼命地摇着头，喃喃地说：“我要回家，我要回家。”

老师问：“你确定你没有什么问题吗？不去医院没关系吗？”

陶甜美坚定地点点头：“嗯，我只要回家暖暖身子就会好的。”

老师见陶甜美这么坚持，就对米粒说：“米粒，你送陶甜美回家吧。有什么情况的话，你再回来告诉我。”

米粒点点头，收拾好自己的书包，再收拾起陶甜美的书包。

她背起自己的书包，再斜挎着陶甜美的书包，扶起还在发抖的陶甜美走出了教室。

大雪还在纷纷扬扬地下着。走出校门后，米粒把自己的绿格子围巾围在了陶甜美的脖子上。

米粒微笑着问："有没有暖和一点儿呀？"

陶甜美看了看米粒，又看了看脖子上的绿格子围巾，点点头，轻轻地"嗯"了一声。

一路上，米粒轻轻地扶着陶甜美。陶甜美除了在走到分岔路口的时候指点一下方向以外，几乎没说话。

陶甜美的家离厂矿很远，她们俩穿过附近的一大片稻田后，陶甜美说再走过一个山脚，往山的右边一转，就会看见一片桃园，她的家就在那里。

很长时间，她们俩一直默默地走着路。渐渐积起来的白雪，在她们俩的脚下发出嘎吱嘎吱的声音。

陶甜美的脚步很轻盈，她脚下的雪只印着浅浅的脚印。米粒却故意重重地踩到雪地里，留下她深深的脚印。

走到山脚的时候，一条蜿蜒的小路在积着白雪的树木之间延伸出去。米粒和陶甜美走在这条更加寂静的小路上，听得见彼此轻微的呼吸声。

米粒想了想，仿佛自言自语地说道：

"下大雪的时候，要是你不说话，认真地听，你就会听见一些你平时听不见的声音。

"比如雪花绽放的声音，和花儿绽放的声音几乎是一样的，带着清冷的香味，飞舞起来一般。

“比如雪花落在睫毛上，又悄悄融化的声音，就像是一只淘气的小手，在轻柔地敲着一扇木门，你刚想为它打开门，它就消失不见了。

“比如被雪覆盖了的草地，其实是非常热闹的，小草们几乎像是夏天的麻雀一样，叽叽喳喳地吵个不停。你悄悄地拨开雪，再想细细地听它们在说些什么，它们会立刻闭上嘴巴，挺直腰杆，假装什么也没说过。哈，它们可会装了……”

米粒想到拨开雪见到露出头的小草那装模作样的神态，忍不住笑了起来。

陶甜美也在这时候扑哧一下笑了出来。米粒笑着去看陶甜美，陶甜美也正笑着看她。

山路上，下过雪的空气清冽空寂，雪花清冷的香味中，那股香甜的水蜜桃味格外浓郁地飘了过来。

米粒深深吸着这好闻的味道，对陶甜美说：“瞧，下雪也没有那么可怕，对不对？”

陶甜美苍白的脸蛋有了一丝红润，她抬起头，看着满天飞扬的雪花，用带着一丝忧伤的声音对米粒说：“我也很想自己能够喜欢上下雪呢。”

米粒在她清澈的眼睛里，看见了雪花洁白的身影，还有属于夏日的绿意。

小路走到尽头，果然是一片很大的桃园。让米粒奇怪的是，尽管已经是初冬时节，这片桃园里的桃树依然绿意盎然。

飞扬的大雪在小路的尽头也渐渐变小。雪，似乎只在桃园以外的地方下过，桃园里面一点儿积雪也没有。

陶甜美在小路的尽头停下脚步，对米粒说：“我家就在这片桃园里面，我已经没事了。你就送到这里吧。今天谢谢你了。”

米粒也停下了脚步，对陶甜美点点头说：“那你回家以后好好休息，躲在被窝里暖和暖和吧。我们明天见！”

这场突如其来的大雪并没有持续到夜里，米粒还没有走到山脚的转弯处，雪就停了。天空又放晴了。

夕阳的霞光照射在下过雪的地面，有着格外多彩的颜色，就好像彩虹被裁剪到了地面。在米粒和陶甜美刚刚走过的山路上，一深一浅的两行小脚印闪烁着美丽的光芒。

米粒回过头望向那片桃园，站在桃园边的陶甜美正在默默地目送着她，看见她回头，陶甜美挥了挥手。这时候的陶甜美从容自信，没有一丝羞涩胆小的模样。

第二天，雪消失得无影无踪，气温又回升了。

陶甜美又戴着她那顶红帽子，踩着老师进教室的时间点，紧张而又羞怯地跑进了教室。陶甜美还是那个紧张、害羞、易脸红的女孩。

两个第一，三张红脸

这天，许老师说快要期末考试了，她想先进行一场模拟考试，看看同学们这学期学得怎么样。试卷是按照市里最好的实验小学的试卷标准出的，有点儿难度，不过她让同学们别担心，考出自己真实的水平就可以，可以看看我们和市里的实验小学究竟有多少差距。

这场考试的试卷果然比从前的试卷要难，每个同学都在抓紧时间头也不抬地做着考题。米粒也很紧张，她几乎是在考试结束铃响起才放下铅笔，呼了一口气交了试卷。

平时的考试，米粒总是时间很充裕的，能检查好几遍，然后提前交卷，这次却只能紧巴巴地做好，然后刚刚检查一遍就得交卷了。铃声响起的时候，好多同学都在大呼小叫地说没有来得及做完。

不过，米粒对于自己能够考第一名，还是有把握的。

米粒在他们班里总是第一名，数学基本每次都能考一百分。她觉得做数学题很有趣。她总是能够抓住题目的关键点。出题目的老师常常绕来绕去，兜着圈子在说话似的，但是米粒一看题目就知道他们故意设的障碍在哪里。

这也许和米粒读了很多书有关吧。她能够明白字句真正的意思，还能够一下子就读出题目隐含的意思。

米粒觉得题目里面就好像有个小小人儿，会设计各种障碍和陷阱，阻碍你找到通往正确解题的那条路径。一会儿在这里逗逗你来抓它，一会儿又跑到那边让你找不着它，一会儿又挖个小坑，等着你掉进去。米粒觉得做题目的时候，就是和这个小小人儿捉迷藏的过程。

米粒在数字里，在文字里找着它，并且把它写在“答”字的后面，小小人儿就哪里也跑不了，坐在那里乖乖地看着她笑，对她举起小白旗，做出投降状。米粒在这时候总是很有成就感。

只是这次，米粒好像还漏掉了一个小小人儿，没有抓着它，让它溜掉了。

正当米粒思考着自己哪里一个大意，让那个小小人儿跑掉了的时候，艾皑云哭丧着脸挤到米粒的身边，要和她对答案。

每次考完试，艾皑云都要急着和米粒对答案。每当艾皑云有错误，她就会捶胸顿足地大叫，然后述说对米粒的佩服之意。

艾皑云这次也错了不少，不过，题目还都是做完了的。

艾皑云用佩服的语气对米粒说：“米粒，你真厉害。这么难的试卷，你也做得这么好呀！”

米粒不好意思地笑笑，不知道该说什么。

第二天，试卷就发下来了。

许老师一边叹气，一边带着点儿不甘心的语气说：“唉，我们同学和市里那些实验小学同学的水平还是有点儿差距的呢。同学们，还要继续努力呀！以后，老师也要和你们一起继续努力。”

然后，她又立刻换了一种欣喜的语气说：“不过，这次考试，我们也有考得非常好的同学。而且，我们班这次出现了并列第一名。”

底下同学一片惊呼，纷纷猜测第一名究竟是哪两位。

许老师继续说道：“这两位同学都考出了九十九分的高分，要知道，即使是在实验小学，这张试卷的最高分也只是九十五

分呢。我们应该为这两位同学热烈鼓掌。她们就是米粒和——陶甜美同学！”

许老师说出米粒的名字时，底下就响起了一片掌声。当许老师再说出陶甜美的名字的时候，底下热烈的掌声变成了一片哗然。有的表示惊讶，有的发出赞叹，有的摇头表示不相信，还有的低声向身边的同学询问：“刚刚老师说的是谁？是谁？”

米粒对于同桌陶甜美是和她并列第一名的人，也略微惊讶了一下。这个女孩平时羞涩紧张，不声不响，却没想到数学题目也做得这么好。

米粒扭头看向陶甜美，陶甜美正抿着嘴，低着头，绞着她桌位抽屉里露出来的绿色书包带。她的脸因为兴奋、喜悦，还有意外，变得绯红。

陶甜美感到米粒正看着她，于是也抬头看了看米粒。米粒看见那双清澈的眼睛正闪烁着激动的光芒。

米粒想对陶甜美说声祝贺，却不知为何没有说出口。她只是对陶甜美笑笑，却觉得自己的这个笑容有点儿僵硬，米粒的脸也“唰”地红了起来。

米粒再次望向老师，老师已经开始仔细讲解这次试卷的难点和易错点了。同时，艾皑云回头看向米粒这边，米粒看见的是艾皑云因为疑惑和愤怒而涨红的脸。

哭泣的红帽子

对于自己为什么会没有对陶甜美说出祝贺的话，反而有些僵硬地红了脸，米粒百思不得其解。许老师在讲解试卷题目的时候，她已经完全走神儿了。

从一年级到二年级，米粒一直是班里的第一名，而且从来没有人和她并驾齐驱过。虽然米粒不太在意成绩的好坏，对每次的名次也都无所谓。每次老师说米粒又是第一名的时候，米粒都是习惯地笑笑。但是，在内心里，米粒还是知道，第一名给她带来的是同学们的羡慕和友谊，当然，还有刻意保持的距离和客气。

米粒本来话也不多，再加上总是沉浸在自己的世界里看星星、看蚂蚁，她在班里能够自由自在地想自己所想的事情，而没有得到同学们的嘲笑，米粒认为一半的原因是自己总是第一名。

班里有些同学也觉得米粒不合群，但并没有孤立她，反而有时候会客气地和她来往，一些特别热情的女孩还会主动找米粒说些体己的话，要做米粒的好朋友。米粒知道自己要不是这个班里的第一名，她一定会像陶甜美一样，成为一个被遗忘的小孩。

有谁会真的在乎米粒今天是迟到还是早退呢？有谁会真的注意到米粒眼里发现的美好世界，并被真止感动呢？

现在，本来被遗忘的陶甜美突然和米粒一样，成了第一名。米粒有些担心以后自己要是不小心当不了第一名，就会渐渐地被同学们排斥、孤立，乃至遗忘。就像艾皑云，要不是米粒还是班里的第一名，也许都不会挤到米粒的身边和她对答案，对她微笑，听她说话了吧？

米粒想到这些，又想到艾皑云刚才回头的刹那间闪现的脸红。艾皑云为什么会脸红？是在为她的好朋友米粒的不安而难过吗？在这时候，米粒觉得艾皑云也许真是她最好的朋友。她为刚才那样想艾皑云而感到羞愧。

米粒的脸又红了。

下课铃一响，教室立刻像沸腾的水一样，跳起来、叫起来、笑起来、跑起来的同学，立刻让这间教室喧闹起来。空气里到处都是仿佛随时要炸开的声音气泡。

米粒本能地察觉到教室里面的不安分，好像就要发生什么事情一样。

艾皑云就在这时候冲到了米粒的座位边，大声地质问陶甜美：“陶甜美，你是不是考试的时候抄了米粒的试卷？你怎么可能也考九十九分，和米粒的分数一模一样？！”

陶甜美听见艾皑云的质问，瞪大了眼睛，抬起头看着艾皑云面红耳赤地说：“我……没有……”因为吃惊和紧张，陶甜美话说得结结巴巴。

米粒听见艾皑云这突然的质问，连忙站起来要把艾皑云拉

走。艾皑云甩开米粒的手，转身对米粒大声地质问：“哼！米粒，亏我还把你当作最好的朋友。你怎么就把试卷给陶甜美抄呢？我和你同桌的时候，看一下你做的作业你都不肯，让我自己做。你真是太坏啦！我再也不当你的朋友啦！”

米粒也不知道该说什么，愣在了边上。

艾皑云继续大声地质问陶甜美：“陶甜美，平时看你不声不响的，没想到你这么不要脸！抄别人的试卷，还抵赖！”

陶甜美的脸已经憋得红得发紫了，眼睛里面的那汪清澈湖水仿佛就要溃堤了。她转过脸看着米粒，仿佛想让米粒帮她澄清，告诉艾皑云她并没有抄米粒的试卷。

米粒看着陶甜美的表情，嗫嚅着，不知为什么，“陶甜美没有抄我的试卷”这样的句子，就在嘴边，却怎么也说不出来。

艾皑云的大嗓门儿吸引了同学们的注意，有些同学哄笑起来，有些同学窃语着：“是啊，肯定是抄了，不然怎么分数一模一样呢？”

一个平素和艾皑云玩得比较好的男生突然从陶甜美的身后蹿出来，一把掀掉了陶甜美头上的红帽子。

这个动作那么突然，陶甜美一下子惊慌得来不及反应，米粒也吓了一跳。

只见平时被陶甜美扣在红帽子里的头发，现在乱糟糟、横七竖八地蓬在她的头顶。

这些头发浓密、干燥，打着卷儿，有的缠在一起，有的跳跃在陶甜美的眼睛前面，还有的上面粘着一小片树叶、一小节干草，这完全就像是一个大大的鸟窝！

米粒从来没有看见过这么浓密杂乱的头发。其他同学也都被这头奇怪的头发给吓住了。

之前欢腾的教室一下子变得寂静无声。大家都瞪大眼睛看着陶甜美和她的头发。

然而，寂静其实只维持了三秒钟。转瞬，全班爆发出哄堂大笑。同学们有的捶着桌子，有的拍着板凳，有的捂着肚子，全都在夸张地大声笑着。那个掀掉陶甜美帽子的男生正站在讲台上，扬扬得意地用一只手转悠着陶甜美的红帽子，好像非常满意自己制造的这场欢笑。

等大家都大声笑起来的时候，陶甜美才反应过来。她仰起涨红的脸，用平时荡漾着清澈湖水的眼睛，愤怒地注视着班里每一个正在笑她的同学，愤怒地注视着讲台上的那个男生，愤怒地注视着艾皑云，最后愤怒地注视着米粒。

米粒在那双眼睛里看见了一片波涛汹涌的湖水，仿佛一个波涛拍打过来，就要把她给吞没，那种力量让她心惊肉跳。

陶甜美不说一句话，顶着那头浓密倔强的头发，默默地收拾起书包，默默地站起来，默默地走出了教室。

看着陶甜美走出教室，哄笑的同学都不再笑了。艾皑云坐回自己的座位，那个拿着陶甜美红帽子的男生将帽子扔在陶甜美的座位上，不再得意，也不再说笑。

米粒长久地看着陶甜美的红帽子，这顶瘪瘪地躺在桌上的红帽子，此刻仿佛正在无声地、悲伤地哭泣着。

冬天里的一颗水蜜桃

从那天以后，陶甜美再也没有来过学校，米粒也没再看见过陶甜美。

米粒把陶甜美的红帽子放进陶甜美座位的抽屉里时，发现了陶甜美的那张“99 分”的数学试卷。

那个大大的“99 分”，就像两只相握的手互相温暖着对方；又像那天大雪的日子里，两个沉默的女孩并肩走在那条空寂的山路上，然后相视而笑。

米粒的心沉得很低很低。她看见陶甜美扣除的一分，仅仅

是因为一个字写错了。她自己扣除的一分，则是因为一个数字的计算错误。她明白，真正的第一名应该是陶甜美。陶甜美根本就没有抄她的试卷。

她将那张“99分”的试卷折叠好，放在陶甜美的红帽子里，然后，将这个秘密彻底地收藏在心里了。现在，对别人来说，陶甜美有没有抄米粒的试卷，或者谁是第一名，根本不再值得提起了。

同学们有更多更加值得他们热烈期盼的话题去讨论了。比如期末考试以后要来的寒假，过春节时候的放鞭炮、穿新衣、压岁钱……

至于一个平时几乎不怎么说话、不和别人交流的古怪女孩，不再出现在班里，又有谁会真的在意呢？

没过几天，在他们的生活里，就仿佛从来都没有出现过这样一个女孩一样，他们继续打闹欢笑，继续上学放学。

半个月以后，期末考试的那天，天下着好大好大的雪。同学们一边考试，一边兴奋地盼着考试结束以后，痛痛快快地打一场雪仗。

然后，就是放寒假，过春节。

一想到接下来有这么多好玩的事情可以期盼，在考场上的同学们更是激动得飞快地写着。考场上只听得见铅笔在试卷上迫不及待地发出“沙沙沙”的声音。

米粒一边听着这些急促的声音，一边听着窗外雪花慢悠悠地飘落在地上发出的“沙沙沙”的声音。

米粒听着听着，仿佛听见了雪地下面小草们叽叽喳喳说起了一个关于梦想的故事；仿佛听见了一个寂寞的小女孩胆小又坚定地敲着门：“咚咚咚，咚咚咚，有人在吗？有人在吗？有人可以做我的好朋友吗？有人可以和我一起玩吗？”

米粒又闻见了那清甜澄澈、似有若无的水蜜桃香味。

考完试以后，同学们立刻奔向操场，在雪地上欢跳、追逐。艾皑云来到米粒的身边，喊她一起去打雪仗。米粒一边收拾自己的书包，一边对艾皑云说：“我要先去一个地方。等我回来以后，再来和你们一起玩吧。”

米粒独自穿过已经被踩踏的雪地操场，走过厂矿的宿舍区，穿过那片被白雪覆盖着的冬天的稻田，走在雪花飘落的山路上，走向陶甜美曾经带着她走去的那片桃园。

米粒的手里拿着陶甜美的那顶红帽子。雪花一落在红帽子上就融化了。米粒好像拿着一顶有着春天阳光般温暖的红帽子，整个人也变得暖融融的。

春天的梦想是什么呢？是开出一朵最美丽的小花，有着最粉红的笑容，邀请蜜蜂和蝴蝶都来参加一场热闹的舞会。

夏天的梦想是什么呢？是在绿叶下结出一颗最香甜的果子，让某个路过的人发现最清澈透明的果子香，给他解渴，让他充饥，让他拥有一片白云般的阴凉。

秋天的梦想是什么呢？是鸟儿的翅膀带着我飞翔，飞到某个正在抬头凝视天空的人的身边。我做你身边的朋友，你做我身边的朋友。我们都有一颗敏感的心，我们会是好朋友。

冬天的梦想是什么呢？是大雪中，我们手牵手走在雪地里，我们什么也不用说，就能看见彼此的微笑。有朋友在身边，寒冷的冬天也不冷。

咚咚咚，有人在吗？

咚咚咚，有人在吗？

…………

米粒听见一首遥远的歌谣，从雪花深处，从山路尽头，从桃园的枝头，悠悠传来。

不久前还绿意盎然的桃园，此刻却一片绿叶也没有了，只有光秃秃的枝丫遒劲有力地高举着，仿佛拥抱着天空，仿

佛迎接着大雪。

米粒走进桃园，没有发现房屋和院落，没有发现任何人居住过的痕迹。这片桃园看起来就是一片野生的，没有人看管的。陶甜美真的是住在这里的吗？米粒迷惑不已。

就在米粒转身四处寻找的时候，她看见自己头顶上的一根桃枝上，挂着一条围巾。那条围巾正是米粒那天给陶甜美围着的绿色格子围巾。

米粒走近一些，轻轻地拿下这条围巾，一颗白里透红的水蜜桃正好端端地挂在枝头。在飘扬的雪花里，水蜜桃散发出一阵清冽香甜的果子香。

一刹那，米粒明白了。

米粒踮起脚，举起手上捏着的红帽子，轻轻地把这顶红帽子扣在水蜜桃上面，再把那条绿格子围巾轻轻地围在枝头。

米粒仿佛看见这颗美丽的水蜜桃正在绽放出属于夏天的最灿烂的笑容，这笑容是如此清澈美好，就像夏天的湖水和天空那般清澈美好。

树叶男孩

飘浮在四月的香气里，

一片树叶落进我的手心。

长大的春天，开始遥远

这个冬天，雪花没有甜味，雪人好像忘记了微笑，最后那颗桃子也终于掉落在雪地里了，米粒好像在冬眠一般，等待着什么来重新唤醒她。

二月过新年，米粒和爸爸一起放的烟花好像声音都远远的，失去了颜色。

三月桃花开了，没有香味的桃花，让米粒觉得失去了真实感。消失的桃子香，如今应该去哪里找回呢？

小鸡草又开始在路边冒出头，艾皑云现在每天不知道在忙些什么，已经不再喊米粒一起去拔小鸡草了。米粒看着渐渐在路边长满黄茸茸穗穗的小鸡草，就像米粒一年比一年长大，春天也在一年比一年长大，小鸡草的游戏已经不再适合米粒和艾皑云了。

长大了的春天反而开始遥远起来。

当米粒又大了一岁，个子也蹿高了一些，米粒看春天的眼光也跟着高了一些。米粒的春天也已经不再只有小鸡草和雨后的蘑菇了。更多春天的云和春天的树涌进米粒的眼里，春天的内容越来越多。然而，春天却因为长大，离我们的眼睛越来越远。

艾皑云不再午后喊她去山后采映山红回来做胭脂，厂门口新开了一家大商店，进了很多新商品，居然也有胭脂和口红，还有各种颜色的指甲油。艾皑云和其他更大的女孩子一起，经常午后围在学校小操场的篮球架下，学着抹胭脂，涂真正不会掉色的指甲油。

米粒却还是喜欢午后独自去屋后的山里面转一圈，有时候会带回来几朵杜鹃花，或是一枝山野独自开放的鸢尾花。红的真红，蓝的真蓝，那颜色里面带着湿润的春天温度，让米粒安心。

只是，这安心，现在好像带着一点孤独的意味。

米粒还不知道“孤独”这个词是什么意思，只是觉得就像是米粒从山里抱回杜鹃花时脸上因为幸福而泛起的红，和艾皑云脸上抹了胭脂的红，这红与红是不一样的。米粒觉得艾皑云的那红是好看的，却也是陌生的，还离米粒远远的。

米粒也喜欢厂门口新开的商店。她也会经常溜到商店里面去看。她并没有在胭脂、指甲油柜台前徘徊，而是在有着好看的手账本、贴画纸的柜台前痴痴地望着。

那里有好多米粒以前没有看过的小花、小草、小动物，那里好像有着另外一个世界，吸引着米粒去探寻。比如星空好像在旋转，看久了仿佛要把米粒吸进去；比如蘑菇上面的毛毛虫是可以抽着烟斗的，还吐着烟圈圈，仿佛一个老哲学家看着米粒；比如，一个英俊的黄头发小男孩，站在一颗小小的星球上面，围巾在飞扬，脚边的一枝玫瑰花开得好灿烂……米粒觉得开着玫瑰花的星球好熟悉，仿佛自己也有一颗这样的星球。

米粒的星球会开出什么花呢？米粒就站在柜台前，痴痴地看着，傻傻地想着……

开学了，米粒穿着妈妈做的新衣裳走在既熟悉又陌生的上学路上。

妈妈手很巧，用双手剪啊剪，裁啊裁，缝啊缝，一件有着可爱领子的小外套就出来了！妈妈说这是她看着杂志上面城里的新式衣服裁剪的，她还说这个领子有个好听的名字，叫作“彼得·潘领”。

那个时候，妈妈也不知道彼得·潘是什么意思，总之，看着好看就给米粒做了。而这个领子米粒也很喜欢，觉得它有着小小的神气，带着点儿小巫师的俏皮和活泼。

后来，米粒上了中学，在新华书店里看见一本叫作《彼得·潘小飞侠》的书，她翻看着这本书，看见书中的插图画着那个永远也不想长大的彼得·潘，穿着的衣服有着和米粒差不多的领子，飞翔在夜空中，飞往那个叫作永无岛的地方……米粒一下子就感动得哭了。原来，世界上真的有一个叫作彼得·潘的小巫师，一直存在于另外一个世界，陪伴着米粒呀！

妈妈还特别用年前去城市里的大商店买来的漂亮花边，在外套前面贴缝上两个圆圆的口袋，口袋的上面还剪成兔子耳朵的形状呢。

米粒穿着妈妈做的衣裳，在上学出门的时候，往口袋里面装几颗过年时买的水果糖，也装上了妈妈给的甜蜜和勇气。

毕竟每次开学，去上学都是需要勇气的。

天气渐渐转暖，米粒脱了棉袄之后，外套就显得宽宽大大

的。她走在上学的路上兜着一些春天的风，空荡荡的衣角鼓起来，一双手塞在口袋里，米粒觉得自己像一个迷路的小兔子，走在春天的花园里，总在寻找着什么。

有些东西在悄悄地改变，而米粒，还在拼命地抓着什么，不想改变。

走到学校，走进教室，米粒身边的座位——自从陶甜美离开之后还没有新同学来坐——是空的。但是，米粒觉得有些什么在空气中，在她的身边，正在悄悄地发芽，等待着破土而出。就像是春天的土壤里，有那么一粒种子，已经在冬天的时候种下，三月，土下暗涌着力量，四月，总有什么破土而出吧。

春天，总会有什么在发芽的！

并不高的高老师其实很高

四年级了。

年轻甜美的许老师教了米粒他们两年时间，调进城里去了。消息灵通的同学正在班里传递着一则重磅消息：数学老师兼班主任换成一位男老师了！师范学校刚毕业的，据说是本地人，所以能安心地在厂矿小学当老师呢。

对于换了男老师来当班主任，班里的男生和女生的反应是不一样的。有些男同学在叹气，想念美丽温柔的许老师；有些女同学却在暗暗地兴奋着。有些女同学小声地互相传递着小道消息，大家在猜这位男老师帅不帅、高不高、有没有女朋友呢。

米粒看见艾皑云也正跟着班里的女同学一起猜测讨论，不知是激动地红了脸，还是抹的胭脂没洗干净，她的脸庞上有着淡淡的红。总之，艾皑云有了米粒以前没有发现的不同的美。

米粒对于新来的老师究竟帅不帅、高不高，没有一点儿兴趣。她的手藏在兔子口袋里，在心里默默地数着她的水果糖，猜测着水果糖的颜色。这是她自己的小游戏。

黄色，是柠檬味；粉色，是草莓味；橘色，是橘子味；紫色，是葡萄味……米粒想着草莓、葡萄、橘子、柠檬的味道，嘴巴里面不知不觉充满了水果的香气。水果园此刻是什么样子呢？草莓、葡萄和西瓜，这个时候都在哪里，在做些什么呢？世界真是奇妙呀！突然，种子就发芽了，树叶就伸展开了，花儿就开了，然后果子就成熟了……

米粒的思绪正在遥远的果园逛荡时，身边传来“扑通”一声轻响。米粒回过神一看，一个陌生的男孩坐在她旁边的座位上，讲台上站着一位年轻的男老师，正笑眯眯地和大家打着招呼。

“我又错过了什么吗？”米粒心想。

“你好，我叫章阳。”身边的男孩落落大方，很有礼貌地向米粒打着招呼。

米粒微微点点头，也赶紧介绍自己道："你好，我叫米粒。"

讲台上的男老师此刻在书写着自己的名字，然后开始介绍自己："鄙人高锦松。同学们好。大家可以叫我高老师或者小高老师，嘿嘿嘿……"说到这里，他还挠了挠自己的头，剃着干净板寸头的头发其实也抓不起来几根。

这样一说完，全班大部分同学都忍不住笑起来。因为讲台上的老师实在是一点儿也不高，却偏偏还姓高！小高老师仿佛也知道大家在笑些什么，脸微微有点儿红，却很快就恢复镇定了。

小高老师调整了一下自己的情绪，用平静的语调继续说道："我知道同学们在笑什么。没办法，本人也很想长高点儿，奈何我娘亲只赐予了我这样的身高，不过好在我姓高，所以一直都可以很高。哈哈哈……"说到这儿，他自顾自地笑了起来，一边笑一边又挠了挠自己的头。

一直在忍笑的同学们全部放声大笑起来。有些调皮的男孩子甚至笑得拍起了桌子。小高老师也不急不恼，继续笑哈哈地看着同学们。

米粒也抿起嘴笑了起来。这位老师很好，米粒在心里肯定了他。

在后面两年的时间里，小高老师一直是米粒他们班的数学老师兼班主任。小高老师也用他的魅力征服了班里每一个同学。在米粒他们心里，小高老师越来越高，尽管后来班里大多数同学，甚至是女同学都超过了他的身高。

小高老师教数学的水平也很高。班里原先有一些不爱学习的同学，在小高老师的教导下，也越来越喜欢数学。最最重要的是，小高老师从来没有老师的架子，总是笑呵呵的。他课后会和男生们一起打篮球，也会和女生们一起踢毽子，仿佛他也是学生的一分子。

米粒后来很感激能够在小学遇到很好的老师。漂亮和善的许老师，乐观向上的小高老师，都让米粒不管在未来的学习道路上遇见什么，都相信自己能够顺利渡过。

木头笔，绿耳朵

大家好像都忘了还有一位新同学，此刻正坐在米粒旁边笑眯眯地看着笑起来的米粒。

原来，并不是大家都忘记了这位新同学。而是在米粒走神的时候，小高老师就带着这位新同学进了教室。新同学章阳也很快向大家介绍了自己。

米粒后来听消息灵通的艾皑云说，本来在X城上学的章阳，因为爸爸妈妈今年去上海工作了，暂时还不能带着他去上海上学，于是章阳就跟着在厂矿上班的姑妈，在这里借读一年。一年之后，章阳就会去上海读书。

艾皑云说到这个的时候，还深深地叹了口气。

“总之，一年之后就要走的。唉，你看吧，越来越多的人会离开这里的。”艾皑云像个预言家一样对米粒说道。

米粒也觉得，这一年冬天过后，春天开始以来，很多东西都在蠢蠢欲动。厂矿门口的商店和饭店越开越多，电视机和音响也开始进入居民家里，傍晚家家音响里传来的歌唱声，让原来黄昏时候安静的厂矿越来越不安静。

晚饭后聚在操场上聊天的人也越来越少，更多的人守在电视机旁看电视里面的世界。那里的世界仿佛很远，又仿佛很近。原本不知道名字的国家近在眼前，完全没有交集的人的生活，也可以通过电视机清晰逼真地传到大家面前。大家仿佛也跟着那些遥远的地方和陌生的人一起生活着，欢笑着，悲伤着，比邻居家的生活反而更加逼真现实。

通往外面的世界不再只有那辆每天往返一次的大巴车，而有了更多的途径。人们关注生活的目光也不只在当下了，有更多的东西在挤压着人们的生活。生活方式在变化，时间也在变快。就比如，春天越来越短暂。那个时候的米粒还没有完全领悟。她还在她的旧时间里，看着每一片树叶的生长、每一朵花儿的绽放。她的春天还在缓慢地走来。

章阳和小高老师一样，也剃着干净的板寸头，总是穿着一件散发着淡淡肥皂香味的淡绿色衬衫。米粒发现他笔袋里面只装着一支木头笔身的钢笔，木头上面还刻着一个有着奇怪形状的字：陽，像一幅画。

这种字体米粒从来没有见过。有一次课间，米粒终于忍不住好奇心，拿起那支钢笔仔细地看着这个字，用手指沿着它的曲线画着。米粒觉得这些曲线好像一条条通往某个神秘世界的小路呀！画完这一条条小路，也许就会走到世界的中心吧！

从篮球场回来的章阳看见米粒正在入迷地看他的钢笔，好像看出了一个秘密。他笑着对米粒说：“这是我爸爸给我制作的笔，是爸爸临走的时候送给我的，很漂亮，是吧？”

米粒点点头。拿在手里的木头笔，仿佛还散发着木头的清香。“真美呀！还香香的。”米粒情不自禁地赞叹着。

章阳也点点头：“是的，我也非常喜欢这支笔。你看，这个字也是我爸爸刻上去的。我爸爸说，这是篆体，是我的名字：阳，向着阳光的意思。我要努力向着阳光生长。”章阳说到这里的时候，别过头看着教室外面的阳光。

米粒也跟着看过去，操场上的阳光此刻像水波一样金灿灿的，温柔地抚摸着操场边的香樟树。刚刚生长出来的香樟树叶嫩绿嫩绿的，在阳光下轻轻舒展着透明的绿。

米粒再看向章阳，此刻他的眼眸深处仿佛也在阳光的沐浴下，像水波一样金灿灿地闪着琥珀色的光。阳光透过窗户，照在他的耳朵上，他的耳朵也仿佛是透明的，能看到隐约的皮下血管。他耳朵后面白净的皮肤，仿佛也有着透明的淡淡

的绿色。

时间仿佛凝固了，教室里面的喧嚣在此刻远离了米粒和章阳的座位。只有阳光照耀着水波，轻轻拍打着心岸的声音，还有窗外香樟树叶轻轻摇摆的声音。

章阳转过头，一刹那，阳光像退潮一般退去，教室里的吵闹声一下子涌过来，把米粒的注意力拉回到手里的那支木头笔上。

米粒把那支笔递回给章阳，章阳接过笔，抚摸着笔上面刻的字，仿佛在对米粒说，又仿佛在对自己说："有一天，我也会自己制作木头笔……"

米粒再去看章阳的耳朵，耳朵后面淡淡的绿色没有了，面前的这个男孩子只是一个干净的，像一棵树一样干净的男孩子吧？

香樟树是一种好玩又好闻的树。冬天，别的树木都在掉树叶，它却依然郁郁葱葱，守护着冬天的绿色。

而在春天刚开始的时候，香樟树结的黑色果子纷纷掉落，米粒最喜欢在这时候用脚啪嗒啪嗒地踩果子。果子在脚底裂开的声音，仿佛敲着春天泥土的门。等到果子掉完，坚持了一整个冬天的老树叶才会纷纷扬扬地落下。

每天早晨米粒走在去上学的路上，都会踢掉落在地上的香樟树叶，它们飞扬起来，米粒又追上去。

“你这是秋天，还是春天呀？”有时候米粒会问一问香樟树。

香樟树不回答，只会摇一摇，抖落一树的树叶，飘扬在空中。

米粒喜欢香樟树！

你的香气是淡绿色的

香樟树开花，几乎就像是一夜之间铺满了整个春天街道。四月的一个雨后清晨，米粒起床推开窗户，呀，让人幸福的香气扑鼻而来。米粒知道，香樟树开花了。

米粒行走在上学的路上，看见早晨的雨水还在香樟树叶上滴滴答答地往下落，有些雨水从香樟树的花蕊间滑落下来。米粒用手去接住，凉凉的，让她打了个寒战。然而，这些雨水仿佛是带着清冽的力量，让她完全醒了过来。

米粒猛吸着空气里的香味，轻快地小跑起来，仿佛飘浮在淡绿色的香气里，整个人都是喜悦的。

今天米粒到得很早，校园里面还没来几个人。远远地，她就看见章阳站在学校操场边最大的那棵香樟树下。可能是雨水的原因吧，香樟树笼罩着一层淡淡的雨雾，章阳也像是笼罩在一场淡绿色的雨雾里，那雨雾在缓慢地流动，形成了一道道熟悉的曲线。

米粒皱着眉头，站在校门口，仔细地看着。渐渐地，她仿佛看见那些淡绿色的雨雾在写着那个独特的字：陽。

啊，米粒揉揉眼睛。空气中环绕着章阳淡绿色的雨雾在消散，章阳好像也看见了米粒，对米粒招招手。

米粒带着疑惑，走到章阳的身边。章阳还是穿着那件淡绿色的衬衫，在雨天看，格外清爽干净。

章阳也不说话，只是抬起头看着高大的香樟树，米粒也抬起头，和章阳一起看着香樟树。香樟树上的花蕊繁茂，每一个小花蕊就像是一粒淡绿色的小米粒。有的上面还坠着雨露，透着淡淡的绿色，富含香气。

“如果你仔细闻过每个月的味道，你就会知道每个月的香味是不一样的，而且有着各自的颜色。比如十一月，是清冷的香气，是白雾的颜色；比如六月，是带着热气的潮湿的香气，是淡淡的荷花花瓣的颜色；再比如，四月，就是淡绿色的香气，是属于香樟树的香气……”章阳突然这样说道。

米粒也不知道章阳是在和她说，还是自己说给自己听。她只有继续看着香樟树，吸着饱满、清冽的香樟树的香气，用力地点点头。

之后的几天里，米粒每天都行走在香樟树的香气里，就像是行走在淡绿色的春天的梦境里。而坐在她身边的章阳，每一天都比头一天更加干净一点儿，更加清爽一点儿，身上也始终散发着似有若无的香樟树的香气。

米粒想：章阳真的很喜欢香樟树，也许每天很早就会站在香樟树下，沐浴着淡绿色的香气。

天晴的时候，香樟树的香气会更浓烈一点儿，章阳身上香樟树的香气也更浓烈一点儿。有一次，上完体育课后，章阳流着汗坐回座位。米粒闻见熟悉的香樟树的香气，带着阳光的味道，在米粒座位周围飘散着。米粒再去看章阳，章阳流出来的汗仿佛也有着淡淡的绿色。

这个叫作章阳的男生，穿着淡绿色的衬衫，每天带着香樟树的香气，安静又清爽地坐在米粒的身边。是的，四月的香气，是香樟树的香气，是淡绿色的。而米粒身边这位干净的男孩子身上，也在散发着这种淡绿色的香气。

让米粒觉得很奇怪的是，周围的同学好像对章阳并不太留意，或者说，安静有礼貌的章阳是个存在感很低的同学。

男同学扎堆踢足球、玩斗鸡游戏，从来没有人来喊章阳去玩。章阳也从来不主动参加这些激烈热闹的竞技类男生游戏。只是偶尔课间或午休时，小高老师会来喊章阳和同学们一起去打打篮球。

女同学们呢，对于这样一个清爽的男孩子，也没有产生很多的话题和兴趣点。米粒有时候看看章阳，侧脸的章阳有着俊朗的轮廓，其实是个很帅气的男孩子呢。这样的男孩子明明会让很多女生红着脸，借着借橡皮、借笔的理由来接近的啊！可是为什么女同学都不怎么关注他，也不怎么找各种理由接近他呢？

章阳平时话也不多，但并不表示他是一个冷漠的人。他经常沐浴在阳光下，嘴角挂着微笑，整个人特别温暖。这个时候在他的周围，空气之间仿佛有着淡淡的绿色的香气在流动。这种空气既包围着他，也把他和周围的同学淡淡地隔开了。

四月的末尾，蔷薇花开始在篱笆墙上一簇一簇地绽放，香樟树的花开始簌簌地往下落。米粒经过香樟树下，头发上、衣肩上，都会粘上几粒香樟树的小花粒。

四月最后一天，天气晴朗，天空蓝得像一面镜子。米粒早早地起床，一路小跑到学校。一路上，她看见更多的蔷薇花像一面面花墙，压得枝头都要坠落在地上了。

而路边的香樟树，在清晨的阳光下，光彩熠熠。风一吹，香樟花像雨一样落了一地。米粒一路走，一路捡拾刚刚落下的香樟花粒，放进小口袋里。

这样走到学校的时候，两个口袋都要满了，鼓鼓的，兜满了香气。

远远地，米粒又看见章阳站在学校最大的那棵香樟树下，仰着头，迎接着香樟花雨。米粒走过去，不说话，和他并肩站在树下。

一阵风吹过来，香樟花雨下得更急，小花粒打在脸上甚至都有点儿疼。米粒轻轻地“哎哟”了一声。这时候章阳睁开眼睛，看见了米粒，他看着米粒被香樟花雨打得微皱的脸，“扑哧”笑了。

米粒皱着眉，认真地对章阳说道：“我仔细地闻了，四月的香气是淡绿色的。我也仔细地闻了你的香气，你的香气也是淡绿色的。”

这句话刚说完，一粒香樟花粒恰好掉落在米粒的睫毛上，挡住了她看章阳的视线。

她不知道，这时候的章阳正用最温暖的笑容看着米粒，看着米粒睫毛上的香樟花粒，看着米粒头发上的香樟花粒，看着米粒装满了香樟花粒的鼓鼓的口袋里，还塞了几颗不同颜色的水果糖……

而他头顶上的那棵香樟树，沐浴在阳光下，每片树叶都在闪闪发光……

过了很多年，米粒偶尔会在记忆深处想起章阳沐浴在阳光下的情景，那温暖又淡绿的空气又仿佛在周身流动着。也许，这就是一个人的气场。

水果糖，透明色

随着五月的到来，白天越来越长，香樟树的树荫也越来越大。小高老师在期中考试结束的时候，发现同学们的数学成绩差距很大。有一些同学的成绩还可以，而另外一些同学，简直就像是只学到二年级的水平。

他很忧愁地望着这些成绩差的同学，想了很久，终于决定从五月开始，成立下午放学后的学习互助小组。四人一组，分别分配一位数学好的和语文好的同学，帮助班里另外两位学习差的。这样，放学后大家可以一起写作业，互相教，互相监督。实在不懂的，可以随时去问小高老师，因为小高老师也主动在放学之后留在学校，帮助同学们。

米粒语文和数学成绩都不错，相比之下，语文可能更好一点儿。章阳却是属于数学一直很好的，自从章阳来了之后，数学第一名一直就是章阳在拿了。这次学习互助小组，米粒和章阳分在一起，帮助全班成绩最差的两名同学——小梅和大海。

章阳讲解数学很认真细致，每一道题目都要确认大家都懂了，才会结束互助小组的学习。而米粒讲解语文的时候就有点儿马虎了。她不是让大家自己看，就是让大家自己背。因为米粒觉得学习语文实在是没有什么秘籍，只要多读多看多写就可以了。

这一天，有一道特别难的数学题，章阳讲解了很长时间，还是没有让大家彻底听懂。米粒也听了两遍，才听明白。眼看天色渐渐暗了，章阳却一点儿也不着急，仍然慢慢地讲解给另外两位同学听。等到这两位同学完全听明白，太阳就快要落山了。

厂矿毕竟靠近大山，太阳一落，天色就暗下来了。家住得很远的小梅说她要走很远的山路才能到家，一个人走的话有点儿害怕。小高老师这时候也过来了，他要等到最后一位同学离开了，才会离开学校。

小高老师看看章阳，对他说："要么你们一起送小梅回家吧。你是互助组组长，米粒是学习委员，应该送同学回家的。老师相信你们。"

米粒点点头，章阳也点点头。大海平时是个老实沉默的男孩子，也没有说什么，跟在小梅和米粒、章阳后面，自动地加入送小梅回家的队伍中。

四位同学走在五月渐渐昏暗的黄昏里，走出厂矿就是田野。附近农民种的水稻已经开始抽穗，绿油油一片。远处有人家的地方，此时有炊烟升起。

米粒深一脚浅一脚地踩在田埂上，像是飘浮在绿色的稻田上。炊烟里混合着柴火、米饭的香气，让米粒的肚子咕咕叫了起来。啊，饿了。

米粒摸摸口袋，口袋里正好还有四颗水果糖。她拿出来，摊在手心里，让小梅、大海一人选一颗。剩下的两颗，一颗淡绿色，一颗透明色。米粒拿起那颗淡绿色糖果，递给章阳。没想到章阳却没有接那颗淡绿色的水果糖，而是从米粒的掌心里拿起那颗透明色的水果糖，攥在自己的手里。

米粒把伸出去的那颗淡绿色的水果糖拆开，放进自己的嘴里。她偏偏头，看看章阳。章阳并没有把水果糖塞进自己的嘴里，而是攥在手里。

走到半路，大海说他家在岔路口那边，自己就分开走了。小梅家还在前面一点儿，章阳和米粒继续跟着小梅往前走。

米粒用牙齿嘎巴嘎巴地咬着水果糖玩，那清脆的声音在黄昏寂静的山野里格外响亮。水果糖在嘴里泛开淡绿色的涟漪一般，仿佛有阳光下薄荷香草茶的味道。

米粒想起兔子牙婆婆的香草茶，那仿佛是很久之前的事情了。米粒从没有把这个故事告诉别人。这颗淡绿色的水果糖的味道，突然让她强烈地想起兔子牙婆婆。她有种冲动，想要把

她和兔子牙婆婆之间的秘密故事分享给章阳。

小梅家这时候也到了，小梅对他们挥挥手，噔噔噔地跑回家。

米粒转过身，往她家的方向走去。

这时候，章阳站在田埂之上，遥望着山那边。山那边有三棵大树，在黄昏里染着金边，大树下面也正冉冉升起一缕缕炊烟。

米粒突然想起，她从来没有问过章阳姑妈家住在哪里，章阳也从来没有说起过。

米粒只知道他每天总是到得很早很早，早到让大家都觉得他的家离学校很近很近。

“章阳，你家在哪里呀？”

章阳抬抬下巴，指指三棵树的方向：“就在那边，三棵树的下面。”

“啊？那么远啊！你每天都要走那么远来上学吗？怎么每天还那么早就到学校呀？”米粒愕然。

章阳收回目光，把那颗透明色的水果糖放进自己的口袋，淡淡地说：“嗯，我送你回家吧。”

“可是，你再这样走一会儿，就到家了呀！如果再送我回家，你就又要来回多跑路啦。”

“没关系的，我喜欢走路。走路的时候有风。有风的时候就有呼吸。”

“咦？呼吸？我们每时每刻不都在呼吸吗？”

“……呼吸与呼吸，也有不一样的……”

米粒不知道怎么应答章阳这句话，只好转过身走在前面，再次嘎巴嘎巴地咬着水果糖。

章阳走在米粒后面，不紧不慢，不远不近。

“嗯，章阳，我和你说一说我和兔子牙婆婆的故事吧。”

“我听说过……”章阳含糊地说了一句。

“什么？你听说过？！”米粒一惊，立刻转身看着章阳。由于米粒转得急，正在走着的章阳差点儿撞上米粒。

“啊，我是说，我听说过兔子牙婆婆的故事，但是不一定是你的故事……”章阳显得有点儿慌张，急忙站住，说道。

“哦，那就对了。因为我和兔子牙婆婆的故事，可从来没有和别人说过呢。”米粒一边咂着嘴里的水果糖，一边说道。

米粒转过身继续走在田埂上，一边含着有着薄荷香草茶的水果糖，一边絮絮叨叨地说着她和兔子牙婆婆的故事……

而在她的身后，章阳正跟着米粒，嘴边含着笑意，默默地听着。

一颗明亮的星星从三棵树的方向悄悄地爬上了天空，停在他们的上空，一闪一闪地对着他们眨着眼睛。

有些人，是最好的听众。我们莫名地就想要和这样的人分享我们的秘密。这样的人，我们一生中也许不会遇见很多，可是只要遇见了，就永远不会忘记。

你遇见过这样的人吗？

你的脚边有光

日子不紧不慢地继续流淌着，五月过了，是六月。路边的香樟树越来越绿，在六月初夏的阳光里给行人提供一片片阴凉。

互助学习小组的效果很好。小高老师在五月月考的测试中看到了同学们的进步。小高老师说：“明天是六月一日儿童节，又正好是周五。我们不上课了，去爬山游玩！”

虽然已经上四年级了，有些同学对于“儿童”这个称号开始有了些羞耻和鄙视的感觉。但是，儿童节能给自己一个理由玩耍，还是让大家很高兴。

小高老师说，他小时候经常去爬九连山最高的山峰。这座山峰相对来说是座孤峰。山顶上的风景特别美！于是，小高老师决定带着大家一起去爬这座最高的山峰，让大家也感受一下“一览众山小”的气势。

这座山峰确实是九连山最高的山峰，米粒一直都没去过，因为其他的八座山峰连在一起，在厂矿的左边。只有这座山峰断开了，一条大马路正好把它和其他山峰隔开，它有点儿孤单地坐落在厂矿的右边。

其实这座山峰米粒早就注意到了。每次和爸爸坐车去城里的时候，大巴车就会从厂矿门口始发。这个时候，米粒坐在车里就能看见左边是连在一起的那几座有着温柔线条的山，它们不高，却很和蔼可亲地怀抱着厂矿；马路右边就是这座孤零零的山峰，它耸立着，坡很陡，峰很高，就像是一个大家族里，突然生长出一个高个子的不听话的异类儿子，故意独自站在一边，以示自己和其他人不一样。

要去爬这座孤单的山峰，就好像是要去认识一位古怪的、带着点儿倔强姿态的陌生人一样，米粒既激动，又有点儿忐忑。

对于还没有去过太多地方的米粒来说，每一个没有去过的地方都像是涂抹着黑色的涂层，是未知的混沌领域。只有她生活着的、去过的、知道了的地方，才好像是去掉了黑色涂层，画出了多彩的颜色。一幢幢具体的房子、一棵棵树木、一株株花草和一个个人物会随着米粒探索的脚步，一点一点显现出来，世界才会活起来，才会有这些具象的事物在其中活动着。

所以，在那时候的米粒看来，周边的从没有探索过的世界都是黑暗未知的，只有每天活动的小小领域才是她可以感知的全部世界。在米粒的眼里，世界是以她为圆心，不断画出的美丽图画。

两年后，米粒考进X城市的某重点中学，那里的同学每天都在进步，那里的世界每天都在变化。有太多她没有探索的地图，就这样真实地摊开在她每天的生活里。米粒才知道真实的世界是无边无际的，并且从来不以她个人为中心。这一点，让后来的米粒感到无比迷茫和无力，因而，很长一段时间，米粒在巨大的世界里迷失了自己。也有很长一段时间，米粒就像一只蜗牛，慢慢地触碰着这个坚硬的世界，以为自己走了很远很远，其实，还只是在她的那片树叶上旅行。

而如今，对于四年级的米粒而言，明天要去大马路对面那座最高的山峰，也就是即将要开拓她小小的疆土，她可以感知的地方又要扩大了。这才是她最期待的。她会看见什么，遇见什么，感知什么，获得什么，都是由她自己一步一步实现的。这是她能够把握的踏实的大山。

每个人的世界都是一片小小的疆土，我们每个人都是不断开拓疆土的国王。最后你的王国开拓得多大，你会建造出什么样的城堡，获得什么样的宝藏，遇见什么样的朋友或敌人，都是我们每个人每天的足迹决定的。当然，这也包括你读过的书，到过的地方。所以后来我们才说，一个人要行万里路，读万卷书，才会建造出一个属于自己的富裕宽阔的王国。

米粒那时候还不明白这样的道理，只知道去未知的地方探寻，是值得怀着一点儿胆怯的心情期待着的。

六月一日一早，米粒就背着妈妈给她准备的小水壶、一根从菜园刚刚摘下来的小黄瓜、一小袋妈妈昨晚特意炒出来的花生米、一个爸爸从城里买回来的小蛋糕，戴着一顶红色的小草帽，穿着外婆给她做的小布鞋，还特意穿上了爸爸给她新买的红色背带裙，兴奋地前往学校集合。

那时候的每一次不同于平常日子的游玩，对于全家来说都是一件大事。而为这次游玩准备的吃穿，也特别简单又隆重。没有满书包的薯条和可乐，没有丰厚的零钱，没有名牌运动鞋，

米粒却依然获得了满满的幸福感和仪式感。这种幸福感就来自清晨菜园摘下来的黄瓜还沾着的露水；这种仪式感来自妈妈炒花生米时整个黄昏都散发着的焦香味儿，最后再撒上一把芝麻和糖，第二天放一粒在嘴里，得到的不仅仅是花生的香，还有妈妈炒花生米时的笑脸和对米粒叮嘱的话语……

今天要爬山，米粒把胸脯挺得高高的，脸上的笑意止不住地溢出来。学校的小操场一早就挤满了同样兴奋的同学。大家今天都来得好早，也都打扮得神气十足。

小高老师带队，大家排着队，一起浩浩荡荡地走向那座孤单的山峰。通向那座山的路不长，可是大家走得很慢。因为出了校门，厂矿的路边站满了大人，都在兴奋地看着这些精气神十足的小娃娃。有些大人看见自家或是熟悉的孩子，就隔着队伍，“军子”“黑娃”“丫头”地叫着小名，招手的，拉衣角的，塞吃食的。排在队伍中的孩子也嘻嘻哈哈地回应着大人们的呼叫，三三两两地跑出队伍，接过妈妈、姐姐、姑姑、舅舅、叔叔、三表婶、六阿姨等递过来的一个馒头或是一包桃酥，或是几颗枇杷、一颗西红柿……

小高老师笑呵呵地抓抓头。厂矿里的孩子和大人就是这样的关系，小小的世界里面有着千丝万缕的牵绊。小高老师也是在这样的环境里长大的，他读了书，出去看过了外面的世界，结果又回来了。在他的眼里，这个世界和这个厂矿究竟是什么关系，他们各自的模样是怎样的呢？米粒好想问问小高老师。

米粒一家是从外地转过来的，和整个家族祖祖辈辈就在这里的本地人多少有所区别。对于厂矿，他们是新来的。而爸爸妈妈的言行举止，也和这些人多少是不一样的。

爸爸妈妈虽然也站在大人的队伍里面，却很矜持地没有大喊米粒的名字，而是始终面带微笑地看着米粒他们远远地走过来。看见米粒走近，爸爸妈妈只是微笑着挥挥手，对米粒点点头。米粒也保持着矜持，对爸爸妈妈微微地挥挥手，微笑地看着爸爸妈妈。挥完手，她还不好意思地低下头，涨红了脸。

米粒从小就没有归属感，爸爸带着妈妈和她去过北方，去过南方，现在在这座大山包围的厂矿里。每在一个地方，米粒多少会模仿当地人，可终究还是和别人不一样。这时候的米粒就会带着胆怯，怀疑自己：我是不是奇怪的？我是不是应该和大家一样，大声地叫喊，和伙伴们推推搡搡，仰面大笑或是喘着粗气地跑？我这样微微地挥手，会不会被同学嘲笑？

米粒不知道，这种没有归属的感觉，将会陪伴她一生。对于米粒而言，她不知道自己的故乡在哪里。爸爸很早就去当兵了，她从出生，就被爸爸妈妈带在故乡之外的地方生活。

每年春节，爸爸妈妈带米粒回爷爷奶奶家时，那些和米粒年纪差不多大的堂兄妹在一起玩耍，米粒只是远远地看着他们，他们也远远地看着米粒。厂矿的孩子在上学的时候，和米粒一样学习、读书、玩游戏。可是下课时、放学后、放假期间，他们之间就总有一些话题是米粒插不进去的。很多同学都是家族中的亲戚小孩，他们在一起玩耍时更自在。米粒说的话，不是当地人的口音，带着点儿普通话，但是又说得不标准。后来，米粒在书里看见一个词，她知道自己就是那永远的异乡人。

米粒走在这乱糟糟、嘻嘻哈哈的队伍中，慌乱地四处偷瞄有没有同学在嘲笑她和她爸爸妈妈的不一样，却发现队伍里还有一位同学一直保持着自己的步伐，安静又淡定地走着。他没有在队伍里面窜来窜去，也没有大人在大呼他的名字。他就是章阳。

他依然穿着那件淡绿色的衬衫，许是六月阳光的缘故，衬衫的绿色好像比之前深了一点儿。两个月的时间，他长高了不少，也长壮了不少。他在纷乱的队伍中显得格外沉稳。就像是四周都

是在跳跃的涟漪，而他却是涟漪中心那个不动的点。

路边的香樟树郁郁葱葱，才升起的太阳已经有些晒了。他走在树荫下，阳光透过浓密茂盛的香樟树叶打在他的脚边。他就好像走在阳光的水波之上，稳健又轻盈。

是啊，他的父母不在身边，姑妈毕竟是姑妈，他在这个时候想念他的爸爸妈妈吗？米粒是一个敏感的孩子，因为对自我的不确定，所以总是能够感受到身边人的情绪。这时候在这些杂乱热闹的情绪波中，章阳的情绪波没有忧伤，也没有胆怯，就像他的脚步一样，稳健又轻盈，踏着阳光的温暖，和缓地接住米粒有些羞怯又有些慌乱的情绪波。

“别害怕，你就是你自己。你不用刻意去模仿别人，也不用在意别人眼中的自己是怎样的。走着走着，你就会成为你自己。”透过香樟树叶，透过章阳脚边闪烁的阳光，章阳仿佛这样对米粒说着。

米粒收起慌乱的情绪，循着地上闪烁的阳光，在队伍中走着。无论如何，每个人的人生就是去爬那座孤独的山。

后来，米粒长大之后，还是一个不善于外露自己感情的女生。哪怕米粒心中有团火，也还是保持着礼貌的行为，含蓄地表达。一个家庭对孩子的影响，就是这样不知不觉地复制着。

但是，米粒不再害怕，也不再迷茫。每当这个时候，她就想起那个六月，透过香樟树叶，踏着地上闪烁的光，有个男孩一直在走自己的路。

很安静，很响亮

拖拖拉拉的队伍终于穿过厂矿区，横穿过马路来到了这座孤单的山峰脚下。

小高老师站在队伍前面，开始说注意事项。一些从小跟着爸爸砍过柴的男生这时候都在吹牛：“这座山啊，有豺狼，我看见过。眼睛这么大，比我家那头老黄牛的眼睛还大。”“你们等会儿跟着我就行了。我有条小道带你们去看猫头鹰宝宝。”“我上次还看见过狐狸的家。洞这么大，阴森森的，里面还有光闪啊闪……”

一些胆小的女生紧紧围住这些胆大的男生，求着他们爬山的时候带着她们。男生们得意地说得更大声，关于这座山的离奇故事版本也越来越多。

小高老师说：“大家都别怕。这座山没有什么可怕的。只要大家爬山的时候小心点儿，别摔跤就可以了。另外，要是实在害怕的，可以跟着我啊！只有一点，不要落单！现在我们开始爬山吧。最先到达山顶的，小高老师有奖励哟！”

听说有奖励，刚刚那些吹牛的男生，还有那些围在一起的胆小女生，“嗖”地一下就往山上窜去。

山上有一条隐约可见的小路，应该是平时砍柴、采草药的当地人踩出来的。小高老师刚刚和大家说的就是沿着这条小路爬，不要走到岔路上去了。因为大家都想要第一个到达山顶，所以也都沿着这条小路往上爬。

一些平时会帮着家里做农活的孩子，这时候表现出了他们强健的体魄。他们一个个就像小鹿一样，“嘚嘚嘚”地蹬着山路，很快就不见了身影。而一些调皮胆大的男生，偶尔会窜到山路的两边，一会儿摘颗野草莓吃，一会儿掰断刚刚长直长高的小竹子，拿在手里当马鞭，模仿着骑马上山的动作，引得身边的女生哈哈大笑。

米粒也很想快点儿爬到山顶，然而，尽管她咬紧牙关、嘟着嘴、鼓着一股气拼命地往上爬，可还是渐渐地和同学们拉开了距离。

很快，同学们的笑声从头顶上的树林中渐渐消失，米粒只能听见自己粗粗的喘气声和咚咚的心跳声了。还有越来越热的气流扑面而来，笼罩着她，让她呼吸不上来。偶尔一两只蜜蜂嗡嗡嗡地飞过她的面前，带来更热的气流，扑向她的脸。

大山是安静的，却从来都有着自己的声音。当人们热闹地来的时候，它会隐藏起自己的声音。刚刚同学们在一起的时候，米粒没有听到这些山里的阳光照耀在树叶上的声音，没有听到蜜蜂搅动空气的声音，也没有听见自己的小布鞋踩着一层一层厚厚的新旧落叶的声音。

这个时候，同学们的嬉闹声好像被大山吸纳了一般，米粒听见的只有自己的心跳声、呼吸声，而大山的心跳声和呼吸声是什么样的呢？

米粒一边低着头喘着粗气，一边侧耳聆听着大山的声音。风吹过右边的小树林，有哗哗的声音。阳光照耀在那株晚开的刺槐花上，有沙沙的声音。一只小松鼠从松树枝上惊慌地跑过，有松子扑通掉落的声音。这些都是大山的声音。

米粒这时候索性放弃争夺第一名了，开始仔细聆听和环顾这座大山。她不再急着往上爬，周围的空气凉爽下来，不再是扑面的热气笼罩着她。

爬到半山腰的时候，米粒面向山下坐在路边的一块大石头上，喝一口小水壶里的水，打开装小黄瓜的袋子，准备吃她的小黄瓜。

米粒往下看，山路弯弯曲曲的，很陡。

“原来，我也不知不觉地爬上很陡的山坡了。”米粒一边暗暗地给自己鼓气，一边“嘎嘣”咬了一口小黄瓜。

小黄瓜清冽的香气一下子溢满口腔，清脆的口感、清甜的汁水，让米粒得到了很大的满足。这个时候，米粒看见远远的下面，有个人影正在慢慢靠近。

咦？还有谁比自己更慢吗？米粒站起来探望着。人影越来越近，米粒看清了，是章阳！

啊，怎么章阳爬得这么慢？！米粒还没等章阳走近，就举着自己手上的小黄瓜，对章阳挥挥手。

“你怎么了？早上吃饭了吗？是不是没力气了呀？”米粒看见章阳苍白的脸，还有颤抖的双腿，赶紧把他扶到那块大石头上面坐着。

米粒想了想，把手里的小黄瓜一掰两半，长一点儿的递给章阳，自己咬过一口的这头短一点儿，留给了自己。

章阳看看米粒，再抬头看看阳光灿烂的天空，接过了那多半根黄瓜。米粒笑着说：“吃吧。吃完了我还有小蛋糕，也分给你一半。”

章阳对米粒点点头，吃起了小黄瓜，仿佛已经没有力气说谢谢了。

山里很静，风声没有了，蜜蜂振翅的声音没有了。只有同学们从远处传来的隐约笑声，还有近处彼此“嘎嘣嘎嘣”嚼着黄瓜的声音。

一开始，米粒还没觉得嚼黄瓜的声音有多大，嚼着嚼着，声音仿佛越来越大。她看看章阳，章阳好像也感觉到了，也看

看米粒。两人同时笑起来。

米粒索性坐在大石头上，愉快地享用着黄瓜的美味。山上的蚂蚁们很快闻见黄瓜的香味，一只两只排着队，往米粒他们这边爬来。

米粒将黄瓜头剩下一点儿，扔在石头边供蚂蚁们吃。她低下头，看着越来越多的蚂蚁过来驮黄瓜。

这时候，米粒突然注意到，这块大石头上面有着奇怪的花纹。

“章阳，你快看，这是什么？”米粒指着石头上的花纹，对章阳喊道。

章阳吃了米粒分给他的黄瓜和小蛋糕之后，脸色好了很多。他蹲下，探头端详了很久，才说：“应该是化石。”

“化石？什么是化石？”米粒惊讶地问道。

“化石就是很老很老的石头。也许在很久很久之前，这里是一片大海，或是更大的一片森林。一场火山爆发后，一些树叶或贝壳就被直接包裹在灰烬里，然后被埋在深深的地底下。再经过很多很多年，地壳运动又让这些石头露出了地面。于是这些直接被埋进灰烬的树叶或贝壳就成了化石。”章阳操着一口标准的普通话，用一种讲故事的语调说着。

“好神奇啊……”对于这些从来没有听说过的知识，米粒惊讶到不知该怎么表达了，只是痴迷地抚摸着石头上面的花纹。这些花纹，有的像是贝壳，有的像是树叶，有的像是小虫子……

安静的山腰，蚂蚁在继续搬着吃食，头顶上的树叶轻轻地互相拍打着，一点一点的光透过树叶洒下来，使得大石头上光影斑驳。对着那些花纹看久了，米粒感觉贝壳像是活过来了，在海浪中匍匐着呼吸；小虫子也像是爬动起来，要去和蚂蚁们争夺食物……

这个世界如此神秘，生命一直存在，时间改变的是不同物种的形态，却改变不了生命的本源。

这时候，章阳摘下一片树叶，半含在嘴里，吹起了一首简单的歌，一首用树叶唱出来的歌。米粒在这首歌里面，仿佛看见化石里的那片树叶也在轻轻摆动……

这些音符很古老，也很新鲜；这些声音很安静，也很响亮。这些生命很短暂，也很遥远……

那是米粒第一次看见真实的化石，是在大自然这座博物馆里意外遇见的。很多年后，米粒去博物馆看到的那些化石，总让她觉得不真实，没有真正的生命感。

而只要想到那天的山腰，一首用树叶唱出来的歌总会很安静又很响亮地响起来。

嘿，送你一片树叶

“喂，章阳，米粒，你们怎么这么慢啊！”从山顶上跑下来的小高老师远远地喊道，“同学们都爬到山顶了，就剩你们两个还没到了。我下来看看你们怎么了。走，加油，跟着我一起爬，很快就到山顶了。”

小高老师以为是米粒体力不支，下来牵住米粒就往上爬，一边让章阳跟上。

米粒几乎是被小高老师拽上山顶的。已经爬到山顶的同学都三五成群地坐在草地上，开始野餐和游戏了。

山顶开阔，蓝天仿佛一伸手就能够着。米粒站在山顶上往远处望：厂矿的厂房像小盒子一样，错落有致地排在一起；房子四周的田野像是一块一块的田格子，正在田里干农活的人们就像小蚂蚁一样，在田里缓慢地移动着；一条弯弯曲曲的马路，像一条长长的带子通向远方，通向米粒未知的世界……

世界到底有多大呢？未来到底有多远呢？生活着这么多鲜活真实的人的厂矿，站在山顶上看，就那么小了。很多年之后，这里会变成什么样呢？会有一块石头记录下今天的阳光和树叶，

还有周围同学们的谈笑声吗？

米粒被山顶的风吹着，有一种飘浮的感觉。她觉得自己什么也抓不住，刚刚和章阳在山腰一起休息，一起啃黄瓜，还有发现化石的那些瞬间，仿佛都是很久很久之前的事情了。这些事情到底是真实的，还是一场梦？

“嘿，送你一片树叶吧。”一声呼唤拉回了米粒的思绪。

米粒眯起被阳光刺得睁不开的眼睛，头上戴着的那顶红色遮阳帽，总是要被山顶的风吹走。米粒一只手按住帽子，一边侧过身去看声音的来源。

是章阳。他手里拿着一小块石头，递给米粒。

米粒接过来一看，正是他们在山腰发现的那块大石头中的一小块，里面有一片完整树叶的花纹！

“这……是……”米粒迟疑地问。

“就当我送给你的礼物吧。这里面有一片树叶。你注意过吗？一片树叶有两面，一面向阳，一面向阴。而阳面和阴面是分不开的，都是这片树叶的本身。只有在成为化石的时候，树叶才会有机会永远地留下它的阳面或阴面。你看，这片幸运的树叶留下了它的阳面。我也希望我能留下我的阳面……”章阳越说越小声，加上山顶的风本来就大，说话声仿佛被风吞噬了一般，最后一句米粒几乎听不见了。

米粒捧起有着树叶花纹的小小化石，放在阳光下凝视着。手心的化石仿佛有温度，树叶花纹散发着柔和的光芒。虽然化石里面的花纹并没有颜色，米粒却好像看到了它的淡绿色——和章阳的衬衫一样的淡绿色。米粒将化石拿近一点儿闻了闻，好像还有淡淡的香樟树的香气……

“原来，刚刚山腰上发生的事不是梦，是真的！我们真的发现了一块化石，真的发现了生命古老的秘密。而现在，我可以用手里的这块石头留住这段记忆，这段记忆里的声音和阳光的温度，还有那清脆多汁的黄瓜味儿……”米粒边想边把这块石头郑重地装进自己的背包里。

再次抬头遥望远处，米粒笑了。哪怕世界那么辽阔，现在这一刻是真实的，可以感受到的，就是幸福快乐的。

而米粒身边的章阳，也在遥望着山下的远处有三棵大树的方向。那个方向有炊烟袅袅升起。章阳淡绿色的衬衫被山顶的大风吹得鼓起来，在阳光的照射下，那绿色忽明忽暗，忽深忽浅，像一面旗帜猎猎作响。

小高老师在山顶上组织大家玩了几场游戏后，同学们围成一个圈，互相交换食物。吃饱了，大家意犹未尽地下山了。

依然是那条山路，下山时同学们要懒散得多，大家都像泄了气的气球一样，无精打采地往山下走。

米粒这次没有被同学们甩掉，而是跟着大部分同学一起下

山。她特地留意着山路边那块大石头。奇怪的是，她一路下山，一路留意，却再也没有看见那块大石头。

米粒想问问章阳，可更加奇怪的是，她在同学中并没有看见章阳的身影。难道章阳先下山了？怀着疑问，米粒继续一路下山，一路寻找。

直到到了山脚，米粒也没有再看见那块大石头。她打开自己的小背包，小石头还在。这让米粒稍微安心了点儿，至少化石是真的存在的。

到了山脚，同学们不再排队，各自回家。米粒不时地捏着背包里的那块小石头，低着头往家走。厂矿的房子还是那么高大，厂矿里的树还是那么茁壮葱郁，刚刚在山顶上看到的小小的房子又恢复了原样。所以，厂矿究竟是大还是小呢？哪一个才是真实的厂矿呢？

米粒仿佛感觉到书包里的那块石头渐渐有了温度，温热地吐出芳香，好像阳光下的香樟树叶一样。

后来，米粒喊上几个同学又去过那座山峰好几次，寻找那块大化石，可是始终都找不到。再后来，米粒经历了好几次搬家，在搬家的过程中，不知什么时候遗失了那块树叶化石。

关于化石是否真的存在过，米粒渐渐怀疑起自己的记忆。然而，曾经有个男孩拿着一块小石头，郑重地说：“嘿，送你一片树叶吧。”始终存在于米粒的记忆里。那天的太阳，那天的风，以及那天山腰上一首用树叶唱起的歌，依然真实地存在于米粒的童年记忆里。

童年里，我们总会有一些惊喜的发现，这些发现在当时是那么真实。然而，过了很多年再忆起，却发现一切好像都是虚幻的。哪一些是真的，哪一些是假的，我们再也无从判定。

也许，世界永远不是我们感受到的那个世界。若我们从没有拥有过真实的事物，那是不是也可以说生活从没有虚幻？

重要的是，我们怎么看待这个世界。我们站在山顶上看世界，世界就很小很远；我们站在楼下看世界，楼房就很高很大。

而总有一些是我们可以真实感受到的，那就是手心里的那片树叶的温度，哪怕它是千万年前的一枚小小的化石。

你有过这样虚幻又真实的感受吗？

一个人？双胞胎？

夏天在蝉鸣中日复一日地度过，米粒的暑假在一本又一本的书里度过。外面的厂矿和放假后的校园，在整个夏天都离米粒很远很远。米粒在书里面去过翡翠王国，去过巧克力工厂，去过兔子洞，去过安妮的花园，她觉得自己的世界很大很大，每次合上书，却又很小很小。

就这样，很快又开学了。

九月，再次坐在座位上，米粒对这个熟悉的校园又有了陌生的感觉。而那个总是穿着淡绿色衬衫、喜欢沐浴在阳光下的同桌章阳，也让米粒陌生了。

开学第一天，章阳就迟到了。这和之前总是很早就到校的章阳不一样。更加让米粒感觉奇怪的是，这次的章阳带着不一样的气质，一种更加浓烈，甚至具有侵犯性的粗粝气质。

迟到的他并没有礼貌地向老师道歉，而是鲁莽地踢开后门，大大咧咧地径直走到座位上来。他的衬衫终于换了一种颜色，虽然依然是绿色，但换成了深绿色——犹如经过阳光的暴晒和日常的揉洗，泛着一点点白色的深绿色。干净清爽的板寸头也长长了，被他随意地捋起来，显得乱糟糟的。

米粒奇怪地看向章阳时，他也随意地瞥米粒一眼，嘴角斜斜地一笑。他挽起袖子，掏出笔袋，随意地转着那支木头笔，满不在乎地等着老师重新开始上课。

小高老师挠了挠头，宽容地继续开始上课。

无疑，一个夏天大家的个子都长高了，有些男生嘴边还冒出了隐约的小胡子。难道是因为这个，章阳变得不太一样了？

也许很多同学都是这样想的，所以对于有了变化的章阳，大家并没有太在意。

虽然米粒一句话也没说，可是她觉得章阳不是那个章阳了。这究竟是怎么回事呢？

米粒带着满腹疑问，一边上着课，一边默默地观察着章阳。

一下课，还没等老师走出教室，还没等米粒和章阳说上一

句话，章阳就窜出了教室，加入了男同学们嬉闹游戏的队伍。满操场的追逐打闹，让九月的操场一下子挤得满满的，塞不进米粒的疑问。

就这样，章阳每天都是上学迟到、上课睡觉、下课疯闹、放了学就飞跑，米粒根本没有机会和他说上话。他深绿色的衬衫总是被汗浸得深一块浅一块，透过汗，章阳身上也会散发出浓烈的味道，就好像是揉碎了一片树叶之后，散发出的那股沁人的味道。

而且章阳似乎很忙碌，书包里总是塞得很满。当班上女生喜欢收集各种好看的糖纸时，他就忙着收集糖纸。每天一放学他就不见踪影，第二天会从书包里拿出各种各样稀罕的、五彩缤纷的糖纸。往往，章阳还没来得及分，女生们便叽叽喳喳地围着他，从他手里、包里将糖纸一抢而空。这时，章阳就会捋一捋他日益长长的头发，笑呵呵地摊摊手。

当班里男生开始流行收集邮票的时候，他又开始忙着收集邮票。他不知道从哪里，总能找到一些特别的邮票，然后神秘地带到班里，让班里的男生们传看。这时，他会满足地看着男生们为他的一张邮票打赌并围着他。然后，他随意地将一张邮票送给一位他今天特别喜欢的男生。看着那位男生小心翼翼地捧着那张邮票，对他千谢万谢，他会满足地捋捋他的头发，笑眯眯地搓着手。

他是在讨好他们吗？他是想要融入他们吗？他为什么不是那个在人群里走着自己路的章阳了？难道，长大就意味着要去追逐大家的脚步？米粒皱着眉，疑惑地望着坐在她身边却已经陌生的章阳。

十月的一天放学后，章阳又匆匆忙忙地飞跑出教室。这几周，大家都在收集一种带着香味儿的贴画。厂门口的商店一到放学就被同学们挤得水泄不通。这种贴画一套十二张，每张独立出售，每张都有一个图案相对应的星座。图案是随机刮出来的，有一种图案特别难刮出来，所以每天都有排着队去买这种贴画的同学，看看今天能不能刮出那张特别稀罕的图案。章阳可能也去刮这种贴画了。

米粒落后于几个同学，开始收拾她的书包，准备回家。她也在默默收集这种贴画，因为这种贴画的图案实在是太好看了。每个图案都是一个特别的小宇宙。而米粒也没有收集到那张传说中主宰双子星座的水星贴画。

米粒正要拿起她的书包离开座位的时候，忽然发现章阳落下了他的那支木头笔。米粒拿起来，仔细地摩挲着木头笔杆，木头笔杆经过章阳一个春天和一个夏天的使用，颜色更深了，纹理也更清晰了，散发着温润的光芒。米粒继续看着笔杆，以及笔杆上面的那个刻字。

“咦？”米粒轻轻地发出了一声疑惑。

那个刻字，有着奇妙形状的字，好像不一样了！和春天时米粒看到的那个字不一样了。

米粒把这支笔装进自己的笔盒，想带回家好好研究一下。

回到家，米粒写完作业，拿出章阳的那支木头笔。她记得春天的时候章阳对她说过，这支笔是他爸爸亲手给他做的，刻的字是章阳的名字：阳，字体叫作什么来着？小篆体？

米粒打开词典，不是小学生词典哟！米粒的爸爸在暑假给她买了一本厚厚《辞海》，她一只手都拿不动它，得用两个胳膊把它从她的小书橱里面抱出来。

《辞海》是字的浩瀚之海，每一页字就像是一阵一阵的海浪，轻柔地拍打着米粒。米粒找啊找，在里面游啊游，终于找到“阳”，小篆体：陽。

是的，米粒好像看到了那个熟悉的章阳在春天的时候抚摸着这个字，沐浴在温暖的阳光下，隐约露出淡绿色的耳朵，说：我要向着阳光生长。

而眼前这支笔杆上刻的字和这个小篆“陽”不太一样啊！这个字的左边和阳一样，是一面在风中吹动的旗子，右边却没有太阳，也没有一条条的小路通往一个方向。而是弯弯曲曲，好像有个屋顶，然后有个迷宫不知通向哪里。

米粒找同样的偏旁部首，在字的海洋里继续游啊游，游到几乎就要累倒在大海的中心时，看见了！

陰：阴的小篆体，水之南，山之北也；……背阳为阴也；……一阴一阳为之道也；……日为阳，月为阴；……阴影，太阳的背光面；……

还有更多的解释，米粒也不太看得懂了。但是她知道，这个字是阴，是阳的反面，也是和阳分不开的。有阳必有阴，有阴必有阳。

“难道，这学期的章阳与上学期的章阳是双胞胎兄弟？”

米粒握着这支笔，带着满心疑惑陷入越来越深的夜里，月光从米粒房间的窗户悄悄地照进来。月光下，一片树叶的影子落在米粒的手边……

嘿，送你一张贴画

第二天上学，米粒起了个大早，背起她的小书包，握着那支木头笔，往三棵树的方向跑去。

秋天的田野清澄明净，有一种沉稳的气息在空气中流动。万物都在收敛着自己的热情，等待着又一个冬季的到来。在冬季到来之前，一些树叶会掉落，一些树叶会变黄，只有香樟树依然绿茵茵的，树叶更加浓密，颜色更加浓郁，一直到冬季，都守候着这片绿色。

而那三棵香樟树，一片树叶连着一片树叶，组成了一片绿色的海洋，在秋季的田野里显得更加丰沛，在万物开始凋零的季节里，值得被任何看见的人或是动物感激。

米粒沐浴着秋天的晨光，一路跑到三棵树的大院子前面。她站在门前，香樟树在晨风里沙沙地随风摆动着。调整了一下自己的呼吸，她敲了敲门。

门口有三个石级，石级上堆积着一些尘土，好像很久都没有人打扫过了。米粒又敲了敲门。没有人来开门。

米粒围着院墙往里张望着。院墙不高，她在附近找了几块砖头垫着，站在上面，颤颤巍巍地扒在院墙上，往里探望着。

“嘿，你在干什么？”身后突然传来一道熟悉的声音。

米粒一惊，吓得从砖头上跌落下来，一个屁股蹲儿坐在了地上。

她抬头看去，一个穿着绿色衬衫的男孩站在她的眼前。这个男孩既熟悉又陌生。早晨的阳光斜斜地从他的身后照过来，她只看见男孩的剪影，阳光在他的身影上围成一道金边。

米粒张大嘴巴，迟疑地喊道：“章……阳……吗？”

男孩背着光，面目模糊，似笑非笑着伸出一只手，手里有一张小贴画，“送给你……”

“什么？为什么？这是什么？为什么要送我？”米粒被男孩突然的行为搞得更加迷糊了。

男孩继续伸着手，用一种感受不到起伏的声音说道：

“不要问为什么，也不要问我是谁。我就是我。我知道你，你送过我一颗透明色的水果糖，透明色不错，不是绿色的，所以谢谢你。我也知道你和兔子牙婆婆的故事。

“你能看见一些别人看不见的事情。很多人太相信自己的眼睛，其实，这个世界并不只是由我们看得见的事物组成的。春天的时候，我向阳。秋天的时候，我向阴。是阴是阳，真的那么重要吗？你瞧，就像香樟树的树叶，每片都是有阴阳两面的，对不对？你不能说树叶的阳面就代表它的全部吧？

“糖纸、邮票、贴画，大家喜欢，我也去喜欢，不是挺好的？和大家分享，就是快乐。我知道你也在偷偷收集这个贴画。可是你好像有些担心，怕被别人发现。是觉得要是大家知道了你和大家一样，反而不好意思吗？要是你也想要分享你的贴画，大家也会喜悦地和你分享的。试试看，不必觉得不好意思。你会发现，每个人都有自己不同的故事，但是也会有一样的喜悦与忧愁。

“正视自己的不同，再珍惜自己的独特，同样在和大家一起成长，没有什么不好。以前我总是看着阳光，现在我也看着大地。你知道吗？我看到的世界更加丰富了。”

米粒目瞪口呆地听着男孩的这番长篇大论，脸一会儿涨红，一会儿发白。有些小心思被男孩无情地说出来了。

也许，在心底，米粒是骄傲的，对这些本地人的孩子是排斥的，总是看向外面的世界和书里的世界，不想看向本地孩子的世界。她不是不好意思，也许根本就是不屑一顾。被男孩这样说出来，让她一下子觉得羞愧难当。

米粒缓缓地拿起男孩手里的那张贴画，贴画的图案正是她一直收集不到的那张双子星座！

画中，两个美少年背靠背地俯视着星空大海，在他们的身后，群星闪耀，夜空神秘深邃。这个宇宙是个谜，没有人能够看透它，就算是背靠背的双子星，也只能看见他们所看见的部分，而那里就已经美若宝石了……

米粒握着这张贴画，感受到了跌坐在泥土上的粗粝和踏实。原来，摔跤也能得到意外的礼物，比如，一张稀有的贴画。

米粒再抬起头，男孩已经走远，是去上学了吗？

米粒这时候才想到要站起来，她拍拍屁股上面的泥土，向男孩追去……

一学年结束后，米粒再也没有看见那个叫作章阳的男孩。

也许，他已经转到他父母所在的地方去上学了。然而，这个叫章阳的男孩改变了米粒看世界的眼光，这种眼光后来一直伴随着她。

这个像树叶一样的男孩，留下了他在春天里温和的笑容，夏天里坚定的脚步，秋天里多变的热情，冬天里粗粝的真实。至于他是叫章阳，还是章阴，已经不重要。

米粒把这个男孩送给她的礼物装在一个小盒子里面，那里有一枚小化石，一张小贴画，还有一杆木头笔。是的，那杆木头笔后来米粒忘记还回去了。

米粒给小盒子上面贴了一个名字，叫作：树叶男孩。

你有没有这样一个小盒子，里面藏着一些在别人眼里很是稀松平常的东西，只有自己知道这些东西是多么的珍贵……

云朵女孩

你问我：一朵云
有没有故乡呢？

七，是一个数字

闹钟“丁零零”地响了七次，米粒终于迷迷糊糊地揉着眼睛起床了。

快七点了！天哪！又睡过头了。

新学期的第一天，米粒还是要迟到了。

呼哧呼哧地刷了两下牙，米粒嘴里叼着妈妈煎的鸡蛋饼，匆忙系好鞋带，背起书包就往门外冲。

五年级了！小学最后一年了[①]！米粒还是那个总是会迟到的人！妈妈看着“噔噔噔”冲向学校的米粒，无奈地摇摇头。

九月的早晨，天气晴朗，树荫里的蝉鸣还一声一声地响着。米粒抬头看看天，天上的云朵慢悠悠地散着步似的往山边走去……

唉，要是能够像云朵一样，总是悠闲自在就好了。米粒一边嚼着香喷喷的鸡蛋饼，一边加快脚步往校园方向小跑着。来不及和路边的牵牛花打招呼，来不及随着邻居的芦花鸡在草地上打几个滚，来不及学着墙边的小白猫走一字步。越长大，时间好像就溜得越快。

① 注：2001 年前，小学是五年制。

通往校园的路边，熟悉的小花小草和小猫小鸡此刻都在热闹地开始着它们优哉游哉的生活，对米粒的匆忙熟视无睹。

米粒心里暗暗羡慕，脚底却像是加了小轮子一样，继续往前冲着。

七分钟的路程，米粒既想要走出七个世纪，又恨不得七秒钟就能到校。早晨七点，学校签到。七点一刻，晨读开始。七点四十，早操开始。忙碌的新学期，从七这个数字数起。

数字是神奇的，这是米粒在暑假里重大的研究发现。为什么说是重大的研究发现？因为暑假里的一天，米粒盯着暑假作业里面的数字突发奇想，想要研究一下数字究竟是谁发明的，每个数字为什么要这样那样写。

米粒翻箱倒柜，搬出书橱里面的各种书籍，也去了厂矿里面的小小图书馆研究了好几天。好多深奥的书里面的文字米粒没看懂，但是她记住了其中一本里面有好看的阿拉伯数字图案，还说阿拉伯数字原来不是阿拉伯人发明的，是印度人发明的。

米粒再回头看这些数字的模样，就好像看到了一个又一个小精灵，游过遥远的时间长河，在暑假作业里向米粒招着小手（小角）。你们一定不知道，每个数字都由相应个数的角组成，“1”就是一个小角，那它就是有一只小手；“2”就是两个小角，它就有两只小手；“3”就是三个小角，它有三只小手；……画出来，就是下面这个样子：

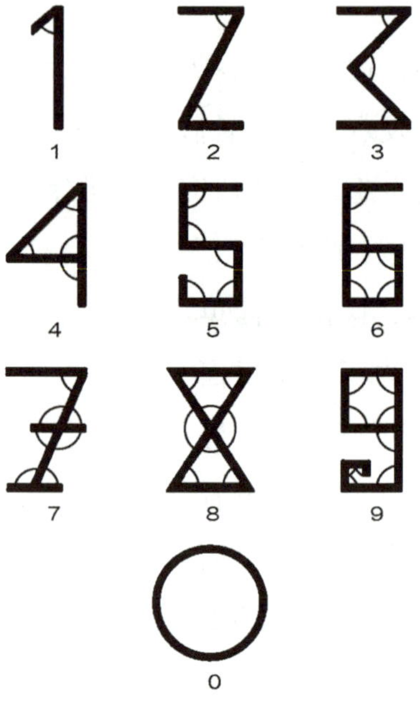

米粒觉得古代人真的好聪明啊！“为什么我学数学的时候，没有想到用这样的数字来表达呢？”米粒一边画着数字的小手，一边想着。嗯，米粒还没学数学的时候，只会扳手指数数。你们一定也和她一样的吧？

现在，米粒了解了数字最初的模样，觉得数字变得和她好亲切了。她再去看身边的事物，发现身边到处都是数字。

米粒身高一米五二，桌子高零点九米，椅子高零点六米；盘子是大圆，吃饭的碗是小圆，筷子是直线，本子是正方形，眼睛是椭圆形。走七步就从客厅的这头走到那头，客厅是多长呢？歌谱里面的哆唻咪发嗦啦西为什么也要写成“1234567”，和这些数字有些什么关系呢？……

米粒就这样越想越多，整个暑假都在数学世界里面徜徉着，探索着。而且米粒发现了一本叫作《生命密码》的书，里面说每个人都有一个生命数字。而米粒跟着书里面的测算方式，计算出自己的生命密码是：七！

七，是一个数字吗？嗯，它是一个数字。可是，它也不仅仅是一个数字哟！它现在还代表了米粒的生命密码。米粒好像也赋予了“七”这个数字生命力。一周有七天。世界有七大奇迹。从学校到家是七分钟。牛郎织女相聚的日子在七月初七。传说故事里的仙女是七仙女，白雪公主有七个小矮人。狮子王有七星的力量。米粒的生命密码是七。

带着对七这个数字的着迷，米粒在七点零七分踏进了教室。新学期第一天，米粒迟到了七分钟。

七，是一个女孩子的名字

米粒上学期的同桌，那个像树叶一样的男孩章阳，暑假终于转到他父母所在的城市里去了。上学期结束的时候，章阳只是像平常放学一样，和米粒说了声假期快乐，就转身离开了。米粒当时也知道有些人在生命里就是过客，来来往往，来不及说你好，就迎来了再见。

对于身边不停地离开的人，米粒已经习惯轻轻地说再见了。

然而，他们在米粒的生命里留下的年轮般的痕迹，却让米粒一年比一年长大。这就是生命吧？

这个学期，米粒又会遇见新的同桌吗？会是什么样的人呢？米粒急匆匆地往自己的座位冲去，但她还来不及思考完这些问题，就看见她的座位旁边已经端端正正地坐着一个女孩子了。

天哪！这个女孩太美了！美得就像是从一幅画里走出来的。她的身材修长，头发乌黑，穿着舒服干净，衣服颜色柔和优雅，大大的眼睛，高挺的鼻梁，樱桃般的小嘴，一举一动仿佛弱柳扶风。嗯，就像是电视剧《红楼梦》里面的林黛玉坐到了自己旁边。

米粒看见这个女孩的时候，停下自己急匆匆的脚步，大气也不敢喘，小心翼翼地往自己的位子上面坐。她瞬间觉得自己太粗鲁了，在这个女孩面前，任何言行都会打扰到她的优雅与

美丽。

米粒这时候才发现班里面的气氛有点儿微妙，人家都在小心地呼吸和说话。大部分同学都在偷偷地打量着这位美丽的女孩。也许是因为女孩太过美丽和优雅，已经超过了同学们在现实生活中能够看到的美丽，所以大家都小心翼翼的。就好像看见一朵太过美丽的花朵，因为怕自己的呼吸会破坏花瓣的柔嫩，所以连呼吸都屏住了。

女孩呢，对于大家刻意的小心，仿佛习惯了。她端庄地坐在座位上，端正地打开语文书，小声却字正腔圆地朗读着新课文。长长的睫毛随着她抑扬顿挫的声音忽闪忽闪的，从那花瓣一样的嘴里传出来的声音也好听极了，像是鸟儿在唱歌一般。

这个女孩也太好看了吧？！米粒看呆了。这是米粒的新同桌吗？米粒的心怦怦直跳，如此完美的女孩怎么会到他们这个小小厂矿学校来？

米粒坐在女孩的旁边，歪着头，试探地看看女孩。女孩这时候停下朗读，缓缓地放下书本，侧过脸，对米粒礼貌地一笑，用标准的普通话对米粒说道：“你好，我叫筠七，很高兴能够和你成为同桌。”

女孩说话的时候，用修长的手指捋了一下滑落到脸上的头发。说完话，女孩还微微一笑，两个小酒窝在白皙的脸颊上显现出来，淡淡的牛奶甜香味从她身上散发出来。

如此礼貌又周到的标准化自我介绍，如此美丽又优雅的女孩，让米粒一下子不知该怎么回应。在米粒的小世界里，这么美好的女孩还只出现在童话故事里，这也是米粒无数次幻想自己能够成为的女孩形象。

而现在，这样一位活脱脱的女孩就真实地坐在身边，和米粒成了同桌。这让米粒又激动又喜悦、又慌张又羞愧。激动喜悦的是，能够和美丽女孩日日相见，成为朋友；慌张羞愧的是，这么优秀的女孩会喜欢自己吗？会和自己成为朋友吗？

米粒慌乱地对女孩大大地鞠了一个躬，差点儿磕到桌子。接着，她又忙乱地把自己的书包塞进抽屉里，对女孩介绍自己：“啊，你好啊，我叫米粒，以后多多指教，多多欢迎。”

说完，米粒的脸红到了耳朵根。她连忙低下头，假装自己在找语文书，恨不得把自己的头埋进抽屉里。

“什么嘛，什么叫多多欢迎？欢迎什么呀？笨蛋白痴呆子米粒，你在说些什么呀？”米粒在心里骂着自己。

女孩好像并不在意米粒的慌乱和措辞，而是挺直脊背，悠然地转过头，继续优雅地朗读起课文。

米粒偷偷地看了看女孩。女孩的手边有一本漂亮的笔记本，笔记本的封面是晴朗的蓝色天空，一朵白云飘在上空，悠闲自在，就像是今天的晴空。

本子的右下端用娟秀的小字写着：筠七。

七，是一个女孩的名字，一个美丽的女孩的名字。

你会写诗吗

从城里来了一个漂亮的女孩子！这个消息很快传遍了校园的每个角落。

“有多漂亮呀？”

“要多漂亮就有多漂亮！”

“我不相信。哪有那么漂亮的女孩子呀！”

“真的啊，漂亮得就像是从电视里面走出来的林黛玉！”

“那去看看啊！”

…………

一下课，校园里传来的就是这样的窃窃私语。米粒班前后左右的窗户都被各个班级来的同学扒住，挤得满满的。同学们都想来看看这个从城市里来的漂亮的女孩子。男同学眼珠子瞪得溜圆，女孩子也连连发出赞叹，她们暗暗地把自己和这个女孩子作比较，然后心悦诚服地自叹不如。

原来，真正的美人是真实存在的，不是只存在于电视上面。开学第一天，学校因为这个漂亮的女孩子，像炸开了锅一样。连别的班的老师都有事没事过来和小高老师搭个话，顺便看看这位传说的美丽女孩。老师们看后也连连点头，果然是美，从

没有见过的美，只存在于小说和电视里的美。�七呢，仿佛被人看惯了一样，对身边的赞叹和探望，一一坦然接受。有人来找她搭话，她就彬彬有礼地介绍一下自己。余下的时间，她就是端正地坐在自己的位子上，看着书，或是在她的笔记本上面写着字。

米粒怀着好奇和莫名的尊敬，看向她的笔记本。

笔记本里面写着一行行端正的字，筠七的字也写得好漂亮呀，如行云流水一般舒展在笔记本白色的纸页里。

“你在写什么呀？”米粒终于按捺不住好奇心，小心地询问着筠七。

筠七停下笔，笔尖停顿在笔记本的上空三秒，好像是思考一番后，才歪过头微笑着对米粒说：“我在写诗呢。你会写诗吗？”

“写诗？诗是什么呀？”米粒脱口而出。

筠七仿佛听到了一个笑话，粲然一笑。一瞬间，好像花园里最美的一朵花绽放了。米粒觉得这个女孩太耀眼了！

筠七的笑只是一瞬间，之后又恢复了她日常的礼貌。她回答说：“诗啊，就是日常生活里的一切。我们学过李白、杜甫的诗，那是他们生活里的诗。我们也可以做我们自己生活的诗人呀！我会抄一些我喜欢的诗歌在笔记本里，有时候也会写一些我自己的诗。”

“李白？杜甫？可是他们写的诗很难懂啊！而且那样的诗很难写吧？”对于古文，米粒还是有点儿发憷的。想着要学古人“之乎者也”地写诗，她就皱起了眉头。

“不用啊！我们现在可以写我们自己的诗啊！用我们自己

喜欢的语言。我最喜欢的诗人有舒婷，还有席慕蓉。她们的诗我也都抄在本子里面了。给你看看呀！”筠七把她手里的笔记本打开，递给米粒。

“舒婷？席慕蓉？”米粒从来没有听过这两个名字，却觉得和筠七的名字一样好听。原来，诗人都有一个好听的名字呀！

米粒一边思索着名字的问题，一边看笔记本。工整娟秀的字在笔记本上面舒展的模样，好像也有着筠七的模样——匀长，整齐，优雅，端正。好像一片片云朵，在纸上悠闲地散着步。

莲的心事

席慕蓉

我，是一朵盛开的夏荷，
多希望，你能看见现在的我。
风霜还不曾来侵蚀，
秋雨还未滴落。
青涩的季节又已离我远去，
我已亭亭，不忧，亦不惧。
现在，正是，
最美丽的时刻，
重门却已深锁，
在芬芳的笑靥之后，
谁人知我莲的心事？
无缘的你啊，

不是来得太早，就是，

太迟……

米粒小声地读出来，一字一句，真的是美的。好像有个节奏，敲打着她的心坎，是夏天打在荷叶上的雨滴声吗？读着读着，筠七好听的声音也加入进来。她的声音，好像夏季里的晚风吹拂着荷塘时，那朵最美的荷花在喃喃吟唱。

莲有莲的心事，筠七也有筠七的心事，筠七就像是诗里面的那朵荷，已经亭亭，不忧亦不惧。在这样的亭亭心事面前，米粒的心事也可以写成诗吗？

“在芬芳的笑靥之后，谁人知我莲的心事？”筠七用带着点儿寂寞的语调，重复了这一句诗。念罢，她低低地叹了一口气。

米粒看着皱着眉头的筠七，白皙的脸庞上好像被抹上了黑色的阴影，就好像晴空里面的白云，突然被染上了下雨前的暗影。

嗯，赶走小乌云。米粒开朗地对筠七说：“我知道了，如果这是诗，我也会写诗呀！我们以后一起写诗吧。”

筠七惊讶地抬起头，脸上的小乌云也因为惊讶一下子被赶走了。筠七恢复了红润的气色，好奇地问：“写诗？你也会？那你写过什么诗呀？”

米粒拿起笔，想了想，在自己的本子上面写了几行字：

小草莓，红衣裳

紫藤姑娘穿紫衣

一夜雨，惊扰了谁的梦

吓白了姑娘的小脸蛋

丁零当啷落一地

米粒一边写，筠七一边读，读着读着，她笑了起来。

“啊，米粒，你真的会写诗呢。我知道你要写的意思。紫藤花在下过雨之后，花儿会落一地，颜色也会褪去。你写得很形象呢。真好，真好。以后我们一起写诗！”

米粒看着筠七开心的笑脸，好像那朵最美的莲在晚风中翩翩起舞，她也跟着翩翩起舞。

筠七，本身就是一首诗呀！

下雨了，你的裙子在滴水

在后来的交谈中，米粒得知筠七的父母来自上海，那座遥远的像是传说中散发着金光的城市。而且通过筠七的描述，米粒才得知上海并不是一座在大海上面的城市，并不是她想象中会像一艘巨大的船，随着海浪轻轻摇摆的城市。上海只是靠着海岸线。就连筠七也没有见过大海，只见过上海外滩旁边的黄浦江。

上海有很多很多高楼，有很多很多人，还有很多很多商场，很多很多好吃的蛋糕。在米粒的想象中，可能就像是厂矿这里有很多很多高山，很多很多树，很多很多稻田和果园，以及很多很多星星一样。那是另外一个世界的模样。

米粒没有想到自己长大后会来到上海上班并生活。原来，上海离她小时候的厂矿也没有很远，几个小时的车程就到了。

但是，在这时候的米粒看来，上海是遥不可及的外面的世界，而筠七就是从遥不可及的外面的世界飘过来的。

筠七的父母都是工程师，是厂矿厂长特别聘请过来的专家。工程师这个名词米粒也是第一次听说。大概的意思就是特别有知识的师傅吧，比米粒的老师还要有知识，比米粒认识的工厂车间大师傅还要有知识。也难怪，每次小高老师见到筠七，都是一副很谦虚有礼貌的样子。可能在小高老师的心里，筠七的父母那么有知识，筠七自然也是很有知识的。

于是，大家在得知筠七的父母的背景之后，对筠七是更加尊敬又崇拜，也更不敢靠近，却又时刻好奇并暗暗羡慕地观察着。就这样，筠七好像一枝高于众人的荷花，亭亭地生长在校园里。那是一种美丽，却也是一种孤独。

每天，除了米粒会和筠七说话，其他人都不和筠七说话。他们在筠七的四周打着转、说着话，一旦靠近筠七，都会小声地走过，等离筠七远一些了，才又放开声音打闹说笑。

这是一种奇怪的现象。大家明明很喜欢她、不敢触碰她，结果却变成大家好像都在“孤立”她了。

筠七好像对一切都很习惯，她依然每天优雅地行走，端正地坐着，秀气地笑着，认真地在她的笔记本上写诗。

米粒对同学们的这些行为也无可奈何，毕竟她也是外来人，也曾被大家当作不一样的人对待。只是米粒在这几年的厂矿生活里，渐渐被大家接受，米粒也渐渐融入了他们。

而筠七这么优雅漂亮的女孩子，同学们会更加特别地对待她。于是，筠七被孤立的感觉可能会更加明显和深刻。

在这个时候，米粒就只能尽量多和筠七说会儿话。奈何米粒本就不是爱说话的女孩子，常常红着脸，不知道要和筠七说什么。

于是，两个人常常说的倒是诗句。

为了能有更多的话和筠七说，米粒每天晚上拼命地写着诗，然后，第二天早上带到学校，读给筠七听。

每次筠七听着米粒的诗喜笑颜开的时候，米粒才松了一口气，仿佛觉得这一天没有让筠七失望和受委屈。

给筠七读诗的时候，米粒发现筠七的衣服会随着诗句的节奏轻轻拂动。筠七总是穿着一身接近白色的衣服，白衬衫，白长裤；白外套，白长裙；白 T 恤，白牛仔裤。虽然看着都是白色的衣服，筠七的白色衣服却是不同的。

有时候，白色的衣服上面会有淡淡的灰色，渲染着，像一幅淡淡的水墨画；有时候，白色衣领上面会镶有金色的边，衬得筠七白皙的颈项格外修长。米粒第一次觉得白色衣服也可以有这么多的层次和细节。

而筠七优雅的步伐，永远都是轻盈的。哪怕是下雨天，筠七依然是身着白色的衣裳。

有一天，一大早就下着很大的雨，米粒打着小雨伞一路小跑着来到教室。一到下雨天，同学们的身上都是湿漉漉的，鞋子上面也是各种泥泞，有些从山边田野过来的同学，雨靴上面几乎粘着半桶黄泥巴。这时候的教室都是湿乎乎的，蒸腾着同学们身上的热气，地面上也踏出了好多泥印子。

筠七进来的时候，一身白色衣裙，几乎是飘进来的，还带着一缕清新的气息，好像山谷深处的花香。教室里立刻安静下来，正在闹哄哄地用雨伞上的水互相打闹的同学也立刻停下来了。

筠七优雅地收起她红色的伞，甩了甩她长长的黑亮的头发，衣襟上的雨滴好像珍珠一样散落在前排同学的座位上，却转瞬就干了。她的雨靴好像并没有踏过雨水一样，没有一丝泥土。

只是她白色的衣裳仿佛蒙上了一层淡淡的灰雾，显得雨意氤氲。她的双眸也是湿湿的，好像随时能够滴出雨露来。她略显灰白色的身影，让米粒觉得像是天边想要躲避雨的流浪的云。

米粒观察着如此神奇的�七，偷偷在自己的本子上写下一首诗：

下雨天，
你的白裙子在滴水，
是哪一朵云，
找不到回家的路了？

米粒不知道，在她写下这首诗的时候，一摊水渍在�七脚边悄悄地晕染开来。随着水渍晕染开去，筎七白色衣裳的灰色渐渐褪去，围绕在她身边的水汽也散去，而教室外的天空也渐渐放晴。

雨过天晴，天空格外蓝，一朵纯白色的云仿佛在悠闲地散着步，一直飘荡到山那一边的天空……

傍晚了，我要去散步了

小高老师是一个热情、有追求的年轻老师。对于教学，他有着自己的信心，也在孜孜以求地给同学们尝试一些新的教学方式。他一有机会就会让同学们学习一些市里乃至于全国范围内的比赛题目。

厂矿小学由于地域偏僻，消息相对闭塞，好在小高老师刚刚从大学毕业，带着一些当下城市里比较先进的教育理念回来，给米粒他们实验着。

之所以说是实验着，实在是因为班里大部分同学都意不在学习。他们有的是家里有果园的，有的是家里有山的，有的是家里有稻田的。大部分家长只想让孩子读到小学毕业，之后要么回家帮忙打理农田，要么回去顶替父母的职位，小学毕业之后，就可以成为厂里的一名工人了。只有少部分同学的家长是希望孩子努力学习的，也知道知识能改变命运。比如米粒的父母，筠七的父母就更不用说了。

某个放学后的傍晚，小高老师神秘兮兮地，又带着几分兴奋，让同学都留下来。

他拿出一沓报纸，对着大眼瞪小眼、不知发生了什么的同学们说：“周末我去城里，看见《小学生报》上面正在进行全国小学生百科知识竞赛，我把那个报刊亭里面剩下的报纸都买回来了！嘿嘿，这个比赛我们也不用组织去城里，大家只要把报纸上的题目做完，然后寄到报刊上的地址，就等于参赛了。大家一起做做，正好也可以增长一下我们的知识。”

同学们听说是这个事情都意兴阑珊。奈何小高老师的热情很高，大家只好都领回一张报纸，塞进各自的书包。

小高老师继续热情高涨地说：“这些题目涉及很多科目，包括语文、数学、物理，还有其他知识。大家有不会的可以互相讨论，数学和物理不会的，可以来问我！”

“哦……”

“知道了……”

“好吧……”

同学们三三两两、漫不经心地回应着小高老师的热情，陆陆续续地背着书包走了。

不过班里还是有几个同学在认真地看这份报纸，其中就有筠七。米粒对比赛向来不太在意，不过看着小高老师期待的眼神，心想起码要对得起小高老师为了大家买报纸的这份热情，认真地做好每道题目吧。至于能不能得奖，米粒觉得自己从未获过奖，尤其是全国比赛的奖，那就尽力而为吧。

因为小高老师买回报纸的时候，比赛已经开始一段时间了，所以留给同学们做题的时间也不是很多，大约也就两个星期吧。

当晚，米粒做完作业，拿出报纸看的时候，立刻觉得题目很难，尤其是涉及的知识点很杂很细。比如语文题目，就是一小

点一小点的知识细节，从人文历史脉络的梳理到作家生平、杂家闲谈都有。幸亏米粒平时看书比较多，还特别喜欢记很多杂知识点。她一点一点地回忆着自己平时看过的书籍，将自己知道的答案填进去。

轮到数学、物理的时候，有些题目是米粒从来没有遇到过的，根本不会。米粒想着只能去问小高老师了。

第二天到学校，很多同学都在说这个知识竞赛的题目太难、题目太多了。很多人都放弃了。放学后，拿着报纸去找小高老师的只有�七、米粒，还有一名平时数学非常好的男同学。

小高老师一看，还是有同学在认真做题目、认真对待这个竞赛，特别兴奋，立刻决定成立比赛专项辅导小组。虽然成员只有四人，但是小高老师还是付出了十分的认真。

小高老师和大家一起解答题目的时候，并不是直接做出题目，报给大家答案，而是对每个数学、物理难题，找出类似的题型，详细地讲解这类题型的解答思路，再让大家各做各的。大家做出来之后，再给小高老师检查每个人的解题思路，直到小高老师对每个人的解题都很满意，再进行下一题。虽然也就短短的两周时间，但是每天这样的辅导，让米粒觉得自己对数学和物理有了更加清晰的思路，也更加喜欢解答数学题目了。

有时候大家在一起思考一道数学题目，她往往能够想出另外一种解答思路。而因为米粒有了新思路，也激发了那位男同学的思路，于是又想出了一种更简洁的解题方法。而这也激发了小高老师的热情，于是小高老师也开始托腮皱眉、咬着笔，思考更新颖、更简便的解答方法。

这样的进展很慢，但很有趣。每天放学后，米粒他们几个都要在小高老师办公室里留很久，往往一直到周围的路灯都亮了，他们才做完一两道题。而�七呢，总是在他们你追我赶地思考数学和物理题目的时候，悠悠然地收起自己的报纸，对大家说：“傍晚了，我要去散步了。”

说完，她就亭亭地走出小高老师的办公室。一道瘦瘦高高的白色身影，在路灯下迈着最轻巧的脚步，一二三四五六七，总是在米粒数到七的时候，�七就走出了校园，消失在傍晚昏黄的光影里……

来，我给你洗洗报纸

比赛截止日期前一天是个周末。小高老师又给米粒他们补习了整整一天。每道题目大家都和小高老师讨论了好几遍，确保自己的答案是最佳答案。然后在比赛栏上面，米粒写上自己的名字。

小高老师放下钢笔，拍拍手说：“好了，今天我们就把各自的报纸寄出去吧。大家都很棒！”

米粒和筠七拿着各自的报纸，一起走向厂矿的邮局。

十月底的风微凉。一阵秋风刮来，路边的树叶被吹落几片，飞舞在空中。米粒抬头去看，手一抖，报纸一下子被吹出去了。

米粒赶紧向报纸追去，奇怪的风忽而上、忽而下，被吹走的报纸也跟着空中的树叶忽上忽下。追了十几米，报纸才悠悠然地降落下来，却落在了一个小水坑里。

因为前几天刚下过雨，厂矿的路面不平，小水坑底部的水没有完全蒸发，还有点儿潮湿。降落在水坑里的报纸一下子就被浸湿了，沾上了好几块泥泞。

米粒捡起报纸，傻眼了。这可怎么办呀？

虽然对于比赛米粒不在意，但是这两个星期的努力得到这

样的结果，却是她不想要的。起码，能够把报纸寄出去，也不辜负这两周小高老师每天晚上和周末给大家补的课吧。

米粒看着沾了泥泞的报纸，急得快要哭出来了。

这时候，锜七来到米粒的身后。看见米粒手上的报纸，她拿过去看了看，然后蹲下来，把报纸摊在她白色的裙子上面，掏出一块白色的手绢，对米粒说：“别怕，没事，我给你洗洗。”

洗洗？洗报纸？用什么洗？报纸还能洗？米粒被锜七没头没脑的话搞得越发糊涂了。

锜七正在用白手绢一点一点把报纸上的泥渍蘸掉。奇怪的是，报纸上的泥泞在锜七白手绢的“洗涤”之下，一点一点地淡去，很快几乎都看不见报纸上面有泥泞的痕迹了。

锜七又在她的白裙子上面仔细地摊平报纸，报纸皱巴巴的

地方也渐渐平整。筠七微微地笑了笑，然后站起来，把她“洗”过的报纸递还给米粒。

米粒接过报纸，仔细地看了看。虽然仔细看的话，还是有几处淡淡的泥点，但是泥泞基本都去除了。被泥水浸皱的地方也基本平整，只是有着微小的褶皱。

好神奇啊！筠七拿着她的白手绢，正在吹着她手绢上面的污渍。洁白的手绢散发着清香，点点污渍好像梅花一般，在手绢上面斑斑点点地绽放着。

米粒感激又很不好意思地对筠七说：“你的手绢都脏了，你给我，我回家帮你洗一洗吧。”

筠七摇摇头，随手把手绢塞进自己的口袋里，说：“没关系，我自己洗就可以了。我们去寄报纸吧。”

接下来的一路，米粒用两只手紧紧地握着自己的报纸，一直走到厂矿大门口边的邮局，都不敢用一只手拿报纸，生怕一个不小心报纸就又被风吹走了。

买了邮票，仔细地把报纸折叠成可以放进大信封的大小，放进去之前，米粒用手指抚摸着还隐约有着泥渍的地方，叹了口气，将信封仔细地封了口，小心地投进大邮筒里。

米粒站在邮筒前面，听见自

己的信封"咚"的一声掉进邮筒里，心里也莫名地"咚"地响了一下。

这是米粒第一次寄信，原来寄信的感觉是在信寄出去的那一刻心就会跳一下。

靠着小小的一张邮票，这张被米粒天天捏在手里做题目的报纸，这张还带着米粒家乡泥泞痕迹的报纸，会被送到遥远的北京吗？会被遥远的报社的老师们打开，仔细地看她做的每一题的答案吗？老师们看的时候，会看见报纸上面的泥渍吗？这样的比赛报纸，会被老师随手扔掉的吧……

米粒怀着一颗惴惴不安的心，寄出了人生中的第一封信，一封掉进水坑、沾了泥泞又被筠七神奇地"洗"干净的信。这封信会有什么样的旅程？会得到回信吗？

米粒不知道。

因为在米粒的世界里，她是无法揣测自己未知的世界的。在她生活的小世界里，她能够感知到的最远的地方就是站在山顶上，看过的远远的田野和树木。剩下的世界，都是她从书里、从大人的口中，读到的、听到的。那些是真实存在的吗？她寄出的信真的会去到她从来没有去过的地方？她写下的字会被她不认识的人看到？多么神奇啊！

在接下来的时间里，米粒时不时想到的就是她的信会在未知的旅程中发生些什么故事。它会不会被邮递员叔叔遗漏，没有拿出来，从此就在邮筒里被蜘蛛结网？它会不会被鸟儿叼走，拿去给她的鸟宝宝做窝？它会不会被小火车的蒸汽吹到天上去，吹到天上的云朵上，然后被雨打湿，某个地方落下来的雨都是

数学题？它会不会被老师拿出来看，然后正好报社老师打翻了一杯热茶，茶渍浸湿了报纸，这次没有�七“洗”报纸，应该再也看不见报纸上面的字了吧……米粒甚至都看到了她写的那些字，哭哭啼啼地在她面前告状……

一封信在离开了米粒之后，会发生什么？米粒只能想象。真实的旅程只有信自己知道。

原来，这个世界不是米粒触碰到、感知到的，才是存在着的。一封信离开了她还是会存在着。

这些，是米粒第一次意识到的。

比如，小高老师在来他们学校之前，米粒并不知道小高老师的存在，可是小高老师一直是存在着的。再比如，�七在来米粒的学校之前，也一定是存在着的。她一直存在于她的世界里，她之前的生活是什么样子的，米粒无法知道，米粒只能知道筘七和自己遇见后的这些生活。虽然那时候米粒并不知道筘七，可是筘七依然是真实存在的，难道不是吗？

所以，还有多少真实存在着的世界，是米粒没有感触到的呢？

米粒越想越觉得自己好渺小，好不真实。

至于她寄出的报纸是参加比赛的这件事情，米粒已经彻底忘记了。

听，广播里面的名字

在米粒整日的揣想中，在筠七轻盈的身影中，不知不觉就到年底了。今年十二月的最后一天，学校准备了一场元旦迎新晚会，邀请所有家长以及厂矿里面的人过来参加。

迎新晚会？厂矿里面的学生以往没有过过这种形式的新年，以前都是看电视里面的新年晚会，羡慕得不行。没想到，如今学校也要搞一场自己的迎新晚会！

当校长宣布这个消息的时候，整个学校都沸腾了。喜欢唱歌的，开始练习唱歌。会跳舞的，拽上几个好朋友，业余时间开始一起排练舞蹈。还有一些男孩子，学着电视里的相声和小品，偷偷地准备着自己的相声和小品。一时间，学校里下课和放学时比上课更热闹了。

尤其是米粒这个班，即将小学毕业，同学们对这次迎新晚会格外珍惜和重视。毕竟，也许这是第一次，也是最后一次和大家一起以迎新晚会的形式度过新年了呢。

小学升初中的考试之后，很多人都会走向不同的人生之路。那时候他们还不知道，他们中的很多人一辈子也不会再见面了。

米粒那个时候也不知道，这是她最后一次在这个小小的厂矿里面过新年。她的爸妈为了她能够得到更好的教育，正在忙着调出这个厂矿，到城市里工作。新的生活即将开始。而为了不打扰米粒学习，爸妈并没有将这些事情告诉她。

很多年之后，她才知道，在她成长的过程中，大人有很多事情都不曾告诉她，就帮助她做决定了。而这些对于米粒是好还是坏，来不及评判，就已经发生了。我们每个人，不都是这样在不知不觉中长大了吗？

那个时候，米粒只知道认真地度过每一天，认真地和她遇见过的每朵花问早安，认真地和她吹过的每一阵风说你好，认真地和她看过的每一颗星星道晚安。这样，米粒也在认真地慢慢地长大着。

对于这场迎新晚会，小高老师也很重视。他挑选了能歌善舞的同学，代表毕业班准备了好几个节目。米粒呢，不会唱歌，也不会跳舞，更不会讲笑话，没有被安排任何节目。筠七呢，因为大家都觉得没有人能够和她成为搭档，所以也被大家忽略了。

米粒就每天在大家排练节目的时候读书写诗，看大家为迎新晚会愉快地做准备。

晚会开始的前一天中午，米粒正在家里睡午觉，排练节目的同学正在学校努力地练习节目的时候，突然听到厂矿的广播响起来了。

喜报：我校子弟小学五年级毕业班米粒同学，

参加《小学生报》全国百科知识竞赛，获得全国二等奖！也是我省参赛的小学生中唯一获奖的同学！同时也恭喜指导老师：高锦松老师。特此通知奖励！

广播站的广播员用一口不太标准的普通话将这条喜报播了三遍。一时间，米粒的爸妈还没有听清楚。直到楼上邻居大勇妈妈来敲门恭贺的时候，爸妈才反应过来。

米粒的爸爸妈妈连忙去喊醒米粒。米粒还没从午睡中醒过来，她揉揉眼睛，不知道大家都在对着她笑什么。

米粒下午去上学，一路上左邻右舍都对她指指点点，似笑非笑地看着她。米粒还以为自己的裤子穿反了，褂子的扣子扣错了或者中午吃饭后脸没洗干净。她一路检查着自己的上衣和裤子，还摸了摸自己的脸和头发。

等米粒走进教室，发现同学们都看着她，既像是对她笑，又像是不好意思看她。

米粒疑惑不已地坐到自己的座位上，低声问了一下�七：“怎

么回事呀？我有什么不对劲吗？”

�七依然像往常一样，优雅又端庄地坐在位子上，洁白的外套今天格外白而厚实。

�七歪着头，微笑地看看米粒，眼里闪烁着一丝狡黠，说：“你，出名了……”

“出名？出什么名呀？”米粒问。

这个时候，广播又突然响起来，是校长的声音。

现在播送一则我校的喜讯：我校毕业班同学米粒参加《小学生报》全国百科知识竞赛，获得全国二等奖。请米粒同学听到广播后立刻前往校长室。指导老师高锦松，也请前来校长室接受奖励！

米粒这个时候才反应过来：“我，获奖了？！全国……二等奖？”

不可能吧？！明明我那张报纸掉进了水坑里，沾满了泥泞！虽然被�七“洗”干净了，但是依然有泥泞的痕迹呀！而且，我也没有做得特别好啊！和我一起参赛的�七还有阿斌为什么没有得奖啊？阿斌明明数学比我好很多啊！�七的字也比我写得好看很

多啊！为什么只有我获奖了？更何况，全国有那么多小学生，别的不说，单单从外地过来的筠七就这么优秀了，为什么那么多小学生没有获奖，我会获奖？这实在是莫名其妙，甚至是个奇迹啊！

米粒一边这样想着，一边走向校长办公室。一路都有同学既羡慕又刻意保持距离地向她祝贺。

进入校长办公室，小高老师已经坐在校长对面的椅子上，正在和校长说着话。看见米粒进来了，校长和小高老师都站起来，笑眯眯地看着她。

米粒红着脸，不知所措。校长对米粒招招手，满面笑容地说："米粒同学呀，过来坐。"小高老师也嘿嘿笑着，拍拍他身边的椅子，让米粒坐在他身边。

米粒第一次进校长办公室。校长办公室的座椅四四方方的，很高大。米粒坐在校长宽大座椅的对面，感觉校长正在好遥远的对岸对着她笑。

有些笑，会让人一下子感觉很亲切，比如兔子牙婆婆的笑。有些椅子坐在里面很舒服，一下子就让人有踏实的感觉，比如兔子牙婆婆的椅子。

然而，校长的笑让米粒觉得很遥远，不真实。校长办公室的椅子也让米粒坐着不自在，椅子很硬，有点硌屁股。米粒只坐在椅子的一角，看着校长遥远的笑脸好像飘浮在空中，随时都会随着空气飘走。

小高老师应该也很少走进校长办公室，因为他和米粒一样，只坐了椅子的一角，笑得有点儿傻傻的，脸也红红的。这时候的小高老师和平时在班里面的样子是不一样的。

在班里面的小高老师，是自然流露出来的嘿嘿笑；在这里的小高老师，好像是为了笑而在笑，有着想要让校长看见他的笑而笑的感觉。米粒后来知道，很多人都会有这样的不同面。包括她自己，后来也慢慢学会了为了笑而笑，为了让某些人看见自己的笑而笑。

哪一个笑，更真实呢？

包括出现在广播里面的米粒的名字，和妈妈喊米粒回家吃饭时的名字，哪一个更真实呢？

米粒出名了！出名意味着你的名字被更多人知道，更多人想要对着你笑。你也不得不对更多人为了笑而笑。

出了名的米粒，感受到了不真实的校长，不真实的小高老师，还有更多不真实的笑容……

被替换下来的名人

校长笑着对米粒说："米粒，这次你很为我们学校争光啊！"说到这儿，她又看了看小高老师，对小高老师点点头说道："当然，这也是小高老师为我们学校的教学认真努力地付出而取得的成果！很棒，很好，很了不起！"

小高老师听到这儿，红着脸，摸着自己的头，"嘿嘿，嘿嘿"笑个不停。

米粒挺挺胸脯，也红着脸，对着校长不好意思地笑着。

"所以我决定，这次你来做我们晚会的节目主持人！毕竟同学们和家长们现在都想要看到你这个名人呀！"校长说完这个决定，很荣耀地带头鼓起了掌，根本没有考虑米粒适不适合，答不答应。

"啊？"面对这个突然的决定，米粒张口结舌，脸涨得通红。

校长以为米粒是因为激动而脸红，又说了一些激励她和小高老师的话。米粒呢，因为不知所措，连拒绝都忘记了，就和小高老师一起出了校长办公室。

这突如其来的荣耀让米粒有些不知所措，她还没有回味过来，自己到底有了哪些不同。

回到教室，同学们都仰望着米粒似的，远远地观望着，微笑着，说话也好像刻意拉开了距离。就和大家对待钨七的方式差不多。

坐回自己的座位，米粒叹了口气，垂下脑袋，几乎不想让大家看见自己。

这时候，钨七递过来笔记本，上面写着一首诗：

天空被风吹得很吵闹时
每一朵白云都失去自己的名字
每一朵乌云都镶有一道银边
然而，云朵依然很柔软
云朵依然去散步

米粒抬头看看钨七，钨七的双眼闪烁，好像最耀眼的阳光，折射着布满晚霞的天空。柔和的目光，像是夏天里最厚实的洁白云朵，让米粒可以躲在里面休息。

米粒拿起笔，也在笔记本上写下一首诗：

——我可以去你那里休息吗？
——你随时可以来我家休息！
——你家在哪里呀？
——我家在风里。

钨七看见米粒的这首诗，眼眶一红，眼泪扑簌簌地滚落下来。

怎么回事？�七怎么哭了？

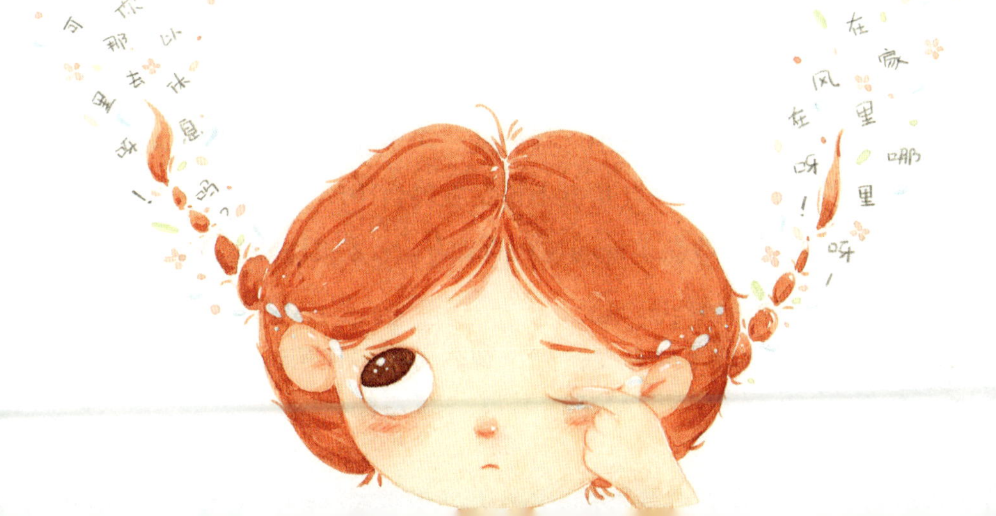

着一道金边，白色的衣裙轻轻翻飞着，好像也在抖落着小雨滴。

米粒再次坐回座位上，整个人却安心了不少。突然的出名带来的慌乱，好像远离了她。她不再为这些额外的负担而苦恼。

我还是我啊！出名还是没出名，我就是那个喜欢幻想，喜欢大山，喜欢观察身边一切微小事物的米粒呀！

我有自己擅长的事情，也有不擅长的事情。比如我会用笔写诗了，可是我不会做一场晚会的主持人。我并不会因为一次比赛意外获奖，而变得无所不能，也不会变得一无是处。

就像一朵云，偶尔会变成乌云，然而她终究还是一朵云，飘逸、自在，她也不能承载太多悲伤和太多心事，否则就会下雨，把自己的湿漉漉还给大山和风。

后来，迎新晚会上，米粒果然成不了一个口才斐然的主持人。她战战兢兢地报完了第一个节目，颤抖的声音几乎让大家听不见。而且她不知道站在舞台中间，只是站在舞台的一边，飞快地报完节目就慌张地跑下去了。

现场乱哄哄的，有起哄的，有大笑的，候场的演员听不见节目安排，也在到处打听，这些立刻让校长不满意了。

校长果断地换下了米粒，让四年级的一位女同学上台。这位女同学一直是学校小广播站的，声音悦耳动听、洪亮爽利，站姿也很标准，一点儿也不怕站在舞台中间。她落落大方的报幕姿态，立即收获了现场观众的掌声。大家很快就忘记了米粒，快乐地看着表演。

米粒又成了躲在角落里，观察着很多快乐和神奇时刻的安

静女孩。而筠七根本就不在晚会现场。也许，她又去散步了，这次她白色衣裙的身影会在哪里呢？

在我们成长的过程中，很多意外会莫名其妙地降落在我们身上。有时候，我们被要求做自己不擅长的事情；有时候，我们会承担很多我们负担不了的事情。这个时候，不如抬头看看云吧。放轻松，我们不擅长的事情，自然有擅长的人去做。我们做我们会做的事情就很好。

云有太多忧愁的时候，就下一场雨，然后继续它在天空悠然自得的旅程。我们的人生，也需要向一朵云学习。

红色的，一朵云

元旦过后，很快就是期末考试，接着就是寒假，过新年。

米粒又长大了一岁，十一岁。在这一年，米粒感觉长大的速度更快。妈妈做衣服的速度永远赶不上她长高的速度。秋天妈妈早早给米粒做下的新年棉袄，等到过新年的时候米粒穿上，又短了一截。

心灵手巧的妈妈给米粒的棉袄加上一层好看的花边，使得棉袄多了一种独一无二的灵巧浪漫的感觉。

大年初一，米粒穿着新棉袄去大院里找小伙伴们玩。大家都围着米粒看她的新棉袄。哇，这是最新的式样吗？还有一圈洁白好看的花边啊！好像一层小云朵的裙摆哟！

是的，在大家清一色厚实的棉袄中，米粒的棉袄因为有了一层轻盈的白色花边，显得格外别致。她跟着大家一起堆雪人、打雪仗的时候，跑步跳跃的时候，那圈小花边一直在身上飘逸着，使她的身影显得格外灵巧。

厂区的新年其实挺无聊的，大人们忙着互相拜年，或者三三两两地在家里打牌、看电视。孩子们呢，就在厂矿大院里摔花炮、打雪仗，饿了就去熟悉的人家里面吃饭。反正过年，

家家户户都有很多年饭年菜备着的。

米粒好久没有到山上去了。玩了一会儿打雪仗，米粒觉得挺没劲的。她抬头看看天，天色还挺早的。

她拍拍身上的雪，紧了紧头上的红帽子，把妈妈织的手套戴上，想要去山脚边转转。雪后的大山会是什么样子的呢？

米粒沿着一条小路，慢慢往山边走去。

越往山那边走，世界越安静。

山路边的小树被雪压弯了腰，米粒轻轻走过去的时候，树枝颤颤巍巍的，扑簌簌往下面投落积雪。偶尔会有几片雪花掉进米粒的脖子里，冷得她打一个激灵。更深处的树木之间飞起一两只鸟，扑棱的扇翅声带动了更多积雪落下。米粒听见树木深处“扑通扑通”更厚实的雪落下来的声音。

山的呼吸声，清晰可闻。冬天的山和春天、秋天、夏天的山，呼吸声都不一样。春天的呼吸是活泼的，夏天的呼吸是热情的，秋天的呼吸是沉稳的，冬天的呼吸则是缓慢的，像是一个正在沉睡的巨人睡梦里的呼吸声。

偶尔，雪从树枝上掉落下来的声音，就像是梦呓。如果再仔细听的话，还会听到竹林里竹笋在雪地下面拔节生长的声音。

冬天的大山，其实也是忙碌的呢。

生命，没有一刻不在运动着。

米粒抬头看看远处的天空，阴阴的，一大朵红色的云正从山顶那边缓慢地走过来。

是要下大雪的前奏啊！米粒深深呼吸了一下，清冽的空气带着淡淡棉花糖的香甜，从山中积雪处传过来。

米粒转身往家走，远远地，她看见一个红色的身影轻盈、安逸地走着。

是�七，穿着一件红色羽绒服的�七！米粒第一次看见筠七穿了别的颜色的衣服。

她什么时候也来到山路边散步了呀？

米粒急急地想要追赶上筠七，却怎么也追不上不疾不徐的筠七。

米粒和筠七之间，总是保持着一定的距离。

筠七穿着红色羽绒服的身影，远远地，总是在米粒前面的地方，像是一朵红色的云，轻盈地飘逸着。

米粒走着赶着，忽然觉得肚子一沉，有股温热的液体顺着她的大腿缓缓往下流。米粒吓了一跳。

她站住脚，不敢动。温热的液体一直往下滑，米粒低头看

向自己的脚边，宽阔的棉裤腿下，有一两滴鲜红的液体，滴落在洁白的雪地里。

我这是怎么了？米粒一阵惊慌。

她僵在原地，想回家去找妈妈，却没有力气抬起脚。

米粒看看安静的树林，四周没有一个人影，只有�七越走越远的红色身影。

她抬头看看天空。灰暗的冬天天空也空荡荡的。山那边的云朵，不知什么时候变成了灰色。

米粒慢慢地蹲下来，想让自己的身体平静下来。她抱着自己的膝盖，看着雪地上的小红点，着急地哭了出来。

“你在这里干什么呢？”突然，头顶响起了一道平静的声音。

米粒抬头看去，啊，是�londe七！

米粒来不及问�londor七怎么会在这里，急忙对筠七说：“我……我……我生病了……”

“好好休息，新年快乐呀！”然后转身离开了。

米粒看着筠七渐渐远去的背影，红色的羽绒服，远远看去，就像是山边天空飘浮着的那朵红色的云。

再见了，大山

在那个新年里的后面几天，米粒一直在家里，不是躺在床上睡觉，就是窝在沙发上看书。妈妈总是让米粒多喝点热热的红糖水，注意保暖，不要受凉。米粒也乖乖地听妈妈的话。

后来的几天，又接连下了好几场大雪。雪厚的地方据说都有十几厘米。每天早晨，米粒躺在床上，听见爸爸在楼下清扫雪地的声音，格外遥远。中午或是黄昏，米粒能听见厂矿大院里的孩子们在雪地里打雪仗、堆雪人、摔花炮的笑声和打闹声。然而，这些都离米粒远远的。米粒也没有那种想要和大家一起在雪地里奔跑跳跃的冲动了。因为，这个新年米粒长大了，成为一位少女了。

童年，在长大的一刹那，就走远了。

再次开学之后，米粒走路也稳稳的了，她不再是急急忙忙、一溜烟地跑起来的那个小孩了。

之前米粒一直没有注意到，而现在米粒发现身边的女同学很多都和她一样，一个月总有那么几天下了课会偷偷地从书包里摸出一样东西，捏在手里，悄悄地去厕所。上体育课的时候，

也总会有一两个女同学向体育老师请假，安静地趴在桌子上，看操场上的同学们跑步、踢毽子、打篮球。

米粒仿佛叩开了一扇门，一扇她之前够不到的门。这扇门之后，有更多难解的秘密，更多神秘的事情在等待着她去体验和探索。不知不觉中，大家都在长大呀！

又一个春天，米粒却带着和以往不一样的目光在看春天。春天的阳光、春天的鸟叫、春天的桃花开，仿佛一切都和之前不一样了。之前的春天是活泼的，这次的春天却有了点儿厚实感。米粒的心里总是荡漾着一圈一圈的涟漪，好像在心里开着花。她的心里总是充溢着一股甜蜜又忧伤的滋味。

接下来的时间里，大家都在为考初中做着准备。小高老师每天都布置很多的卷子给大家做。米粒只有在做完一张卷子的间隙，才抬头看看窗外。窗外一朵朵白云，还是自由自在地飘来飘去，偶尔是一条线，有时是一大片。而米粒在看一朵云飘过窗口之后，又得低下头做一张试卷。偶尔是关于线与线的题目，有时是正方体和长方体的题目。

五月底，米粒放学回到家，爸爸妈妈都在家里，两个人都特别高兴，妈妈烧了很多好吃的菜，爸爸还哼着小曲，开了一瓶啤酒。

吃饭的时候，爸爸正式宣布：只要米粒考完小学升初中的考试，全家就搬去城里啦！爸爸的工作调动已经成功了，七月份正式去上班。那个时候米粒应该已经接到初中的入学通知书了。不管考到哪里，但是一定会是在城里上初中了。

米粒默默地吃着饭，不知道该说什么。

厂矿只有一所小学，没有初中。无论米粒的爸爸妈妈在哪里工作，初中，米粒一定不会在厂矿上学了。她必定会去一个新的地方，开始新的生活。

而现在，是爸爸妈妈和米粒一起开始他们的新生活。对于这个机会，全家都很庆幸，这样，米粒不用这么小就住校，不用像厂矿里那些考到城里的孩子一样，每天来回跑。

爸爸妈妈为了米粒做了很多努力，米粒应该感激他们，可是米粒总是说不出口，也感受不到特别的激动。

面对未知的生活，米粒暂且不去多想。她吃完饭，回到自己的小房间，看着朝西的窗户那里，柔和的山的线条在夕阳中成为一幅美丽的剪影画。山顶飘荡着几缕云彩，若隐若现，粉色的、紫色的、金色的，美得让米粒想哭。

以后，这样的夕阳，米粒再也不会一抬头就看到了吧？

这一夜，米粒睡着的时候，梦见自己被山紧紧地抱着，她睡得无比踏实。

六月，初夏的感觉很强烈了。米粒最后一次走进厂矿小学，明天就要去城里参加全市统一小学升初中的考试了。看着熟悉的校园里香樟树下站着一位穿白色衣裙的女孩，曾经那里站着一位男孩，米粒走过去，站在女孩的身边。

是筠七。筠七抬起头，阳光透过树叶洒在筠七白净的脸上。米粒也抬起头，眯着眼，抬起手，手指缝间的阳光一闪一闪的，好像在跳着舞。

一朵白云悠悠地飘过来，停在香樟树的上空。阳光被白云

遮住了。树上的蝉突然唱起了歌。

这样安静的夏日校园就要不见了。

米粒在这个小小的山里面住了五年。从最开始不喜欢上学，到遇见温柔的许老师，再到认识热情的小高老师，米粒一年比一年喜欢这所学校。

米粒还在这里遇见了很多奇妙的人与事。那个长着兔子牙的婆婆，曾经给过米粒一条有魔法的手链；那个散发着桃子香味的陶甜美，一定是冬天里最甜蜜的宝藏女孩；那个谜一样的树叶男孩，米粒至今也不知道哪个是哥哥，哪个是弟弟；还有此刻站在她身边的这位美丽的白衣裙女孩——筠七，米粒不知道她的过去，也不知道她的未来。

米粒望着天空中那朵不肯走的白云，问道："筠七，明天过后，你会去哪里上学呀？"

筠七挥挥手，好像在和天上的那朵白云道别。

"你知道吗？我从来不知道我明天会去哪里。我只知道此刻我还在这里。如果明天我还在这里，那也会是我另外的新生活。不过，谁知道下一阵风会把我吹到哪里呢？"

筠七说完这些话，那朵一直不动的白云突然缓缓地飘移起来，一直往山的方向飘过去。

米粒也抬起手，对着已经飘到山顶的白云在心里说道："再见，白云。再见了，我亲爱的大山。你给过我的童年魔法会一直陪伴着我成长。"

后 记

谢谢那个看不见的阳台

我的童年是在一座被很多山包围的厂矿度过的。那里生活简单朴实，邻居们也都很亲切。学校距离我家不到一千米。我五年的小学生活就是在这样的小小世界里度过的。

然而，这样的生活带给了我丰富的童年体验。我还是一个小小孩的时候，是个只知道放了学就去山野里采野花、追蜻蜓的野孩子。那个时候，我离绿意弥漫的森林、咕咕冒出来的蘑菇、松针滴落的雨水、小鹿踏过的小径、初雪覆盖的青石桥，诸如此类的东西比较近。那个时候，我可以听见风的呼吸、闻见雪的清香、看见星星的笑颜。那个时候，我离这个世界的中心比较近。

后来，我越长越大，四周的高楼越来越高，道路上的汽车越来越多，手牵着手在树荫下悠闲地走路的人却越来越少，于是，我们渐渐远离了世界的中心。

我们以为世界的中心在哪里呢？在每天学习的试卷和习题里吗？在每天办公桌上的电脑里吗？在每天为付饭钱和房费的焦虑里吗？在虚假的对话和虚假的所谓的思念里吗？在每天拖着疲惫的脚步，踏着路灯回家的低头身影里吗？

我们早已忘记抬头还能看见天空的颜色，早已忘记静夜默想的时候还能听见树枝的低语，早已忘记我们最初等候时那怦怦的心跳，早已忘记我们最初脸颊上飞起的那抹羞红。我们早已忘记了，我们还能够赤脚踩在春天的花田里，向着彩虹色的天空飞奔而去。

我很庆幸最早给我生命教育的，是大自然。

当然，我也要感谢我的父母，在这样的生活环境里，每个月坚持坐车去城里，给我买几本书回来。这些也给了我最早的生命教育。从书里面，我学会了幻想，并且开始自己编故事。而我最喜欢的书，是日本童话作家安房直子的一本薄薄的童话书，书名叫《看不见的阳台》。后来，我有幸成了一名编辑，还曾亲自为这位我小时候最喜欢的童话作家责编了一本童话书。

我很幸运地也拥有了一个谁也看不见的阳台。我的想象力被大自然和书籍交互滋养着。有一段时间，我渐渐不知道我看到的大自然和书里面看到的故事，到底哪一个是真的。于是，我开始觉得，我拥有了一座魔法山。

在这些故事里面出现的兔子牙婆婆、桃子香姑娘、树叶男

孩、云朵女孩，真的曾出现在我的童年生活中。当然，他们不太可能真的拥有魔法，只是，在我眼里他们确实有既神秘又神奇的地方，温暖着我，也教会我怎么去生活。

我在这里，学会了宽容与谅解；我在这里，学会了正视自己，了解自己，并且接纳自己。于是，后来，我一直拥有爱与勇气，来面对未知的生活。

写下这些故事，也可以说是和我的童年再次相遇。我真喜欢我还能轻轻一抬脚，就能够走进这座魔法山，和他们再次度过春夏秋冬。

也欢迎你来到我的魔法山，和我一起游荡在我的小森林里，靠近我们的世界中心。

张森渺

跋

有一个爱笑的女孩

我是多么幸运，拥有一本穿着布衣裳的《小王子》。

“坐在九月微风的窗边，选一块喜欢的花布，给一本喜爱的书，慢慢地包上一份别致的书套。”张燕在随书而来的明信片上写道。

布封套是一幅小镇的全景式图画，能找到玩耍的小人：一棵大树上垂下秋千，有个女孩荡着，两根麻花辫在脑后飞向天空；另一个女孩在路边遇到一只小狗和一只猫咪聊天；两个扎蝴蝶结、穿裙装的小姑娘行走在小道上。明信片的一面是两个女孩在树林里拾果子的图画，写信那面的右下角也印有两个小小的女孩的身影。

伴着秋分的气息，我打开这份包裹，又小心翼翼地将包装纸和捆扎棉绳折好，与书一同存放。

张燕在我毕业多年后步入我生活了四年的校园。

后来她成为儿童读物编辑，在一个长着一片竹子、中秋时节一棵金桂树和一棵银桂树结伴飘香、初春草地上曾经盛开诸葛菜紫色花的地方。有一天，她说要为我编一本散文书。我们就这样开始了通信。

阅读张燕的来信，我清晰地看到一张洋溢着笑意的面容、双眸清澈闪亮，同时感受到一颗友善、温暖和坦诚的心。

它们是信吗？有时我明知故问，因为觉得这些信写得实在好，因为觉得它们也是诗、是画、是歌，是美的一切。这里面飘荡着风的声音、有山雀飞过、闪耀着阳光洒在湖面的金光、散发出草莓的味道……张燕这个人就是诗歌，就是童话啊！在我眼中，她的天性与儿童文学是多么吻合。

是的，张燕写诗。

“将我眼中的春天，带给您吧”，这是一首叙述春天的儿童诗。还有，“绿色的香蕊昭示着夏天 / 铺满一地 / 光 / 开始长长短短呼着热烈的气息 // 我走过一棵树 / 自在安静 / 犹如大提琴 / 继续滑过下一个篇章”……诗歌——礼物——得到这样的馈赠，我觉得很幸福。赞叹诗作的美妙，我忍不住想拿去推荐发表，询问张燕，她选择自己悄悄地投稿，慢慢等待结果。

她的作品印到报刊上。《午后的秘密花园》《偷时光》勾画孩子们为自己构筑的空间，诗句趣味盎然而传神。《下午茶的紧急大事故》是首非常明快的童话诗，戏剧感很强，叙述把控力十分到位。《做个听话的孩子不简单》《从前，有一个爱笑的女孩》着眼于人，展示出开阔的创作视野。

她还独出心裁，分别用诗歌和童话体裁创作了《女巫Zonda捡到一封信》，她的想象力、诗情和韵味，赋予短短的篇幅很大空间。《冬之歌（组诗）》以节气为题，好似一幕情景交融的冬日童话剧，我知道张燕有个愿望：写一组二十四节气的诗歌——那真是可以排成舞台剧的，我仿佛看到幕布拉开，美轮美奂的场景。

她也尝试儿童小说创作，循着梦想写“诗意闪闪的小说”。

在她的文章里总能读到天然的灵慧与纯净，读到童心与万物相通的美好情感，读到她自身特有的气息，读到她对世界的由衷热情。

《米粒有座魔法山》是“一种对童年生活的回顾与向往”，张燕说。现在她用名张森渺。

小说由女孩米粒在读小学时的重要人生节点入手，如爸爸妈妈的争吵升到了最高级别、最要好的伙伴放手而去……写出亲情、友爱、勇气、本色等朴素的传统精神在一个人成长中的生命意义。

张森渺显然对童年有着深刻的记忆，她也是个合适的“解密者”，懂得孩子身上的秘密语言。

比如她笔下支撑各个篇章的幻境，正是建立在儿童特有的梦幻与自由思想上，对接着人在那个生长阶段的心灵世界，它们让人看到日常儿童的“迷幻”情境，幻想、愿望与现实浑然一体的状况。比如叙述，孩子对细小事情和物体的敏感、好奇、想象无处不在，“阴阳”二字的小篆体之谜，数字“七”里的玄妙，孩子的头脑里无奇不有，那是他们创造力的源泉。比如色彩：蓝色、幽蓝、紫色、黄色，白底蓝色（小碎花），红（帽子）等，比如植物意象：桔梗、艾草、小苍岚、风铃草、绣球、小雏菊等，它们就属于孩童。比如文本形式：每个篇章里的小变化，对应着主人公的情绪，暗示孩子内心的变化和成长，从阅读节奏来说，跟孩童活跃的本性相吻合。比如语句，小草在积雪下说话、两个女孩对诗，活脱脱的孩子们的“意思”……

在作者笔下，所有这些伸展自如，构成了儿童世界的丰富与本真。它们带来视觉、听觉、嗅觉、触觉、味觉的敏感。

“要想充分掌握俄罗斯语言，要想不失去对俄罗斯语言的语感，我坚信不仅必须经常同普通的俄罗斯人交往，还必须经常去接触牧场、树林、河川、老柳树、鸟儿的鸣声和榛树丛下每一朵晃动着脑袋的小花。”帕乌斯托夫斯基在《钻石般的语言》一文中说，“如果作家能够清楚地看到他所写的字眼的内涵，那么即使是最普通，甚至是老生常谈的字眼，也能获得新意，以惊人的力量感染读者。”这段话适用于任何语言及表达。我想这就是《米粒有座魔法山》的魔力。在本书的后记里，恰好有这样一句话:“我很庆幸最早给我生命教育的,是大自然。”

这是一部展现了孩子内在生命状态的作品。

张燕就是张森渺。

现在，她写出《米粒有座魔法山》。“欢迎你来到我的魔法山”，嗯——我来了。

冰心奖评委会副主席、儿童文学作家

张 洁